O bandolim centenário

Flavio Saliba Cunha

O bandolim centenário

EDITORAS ASSOCIADAS

Nesta edição, respeitou-se o Acordo Ortográfico da Língua Portuguesa de 1990, que entrou em vigor no Brasil em 2009.

Catalogação na Publicação
Elaborada por Bibliotecária Janaina Ramos – CRB-8/9166

C972

Cunha, Flavio Saliba

Bandolim centenário / Flavio Saliba Cunha. – Belo Horizonte: Quixote+DO, 2021.

120 p.; 14 x 21 cm

ISBN 978-65-86942-45-3

1. Romance. 2. Literatura brasileira. I. Cunha, Flavio Saliba. II. Título.

CDD 869.93

Índice para catálogo sistemático
I. Romance : Literatura brasileira

QUIXOTE+DO EDITORAS ASSOCIADAS
WWW.QUIXOTE-DO.COM.BR
Rua Alagoas, 1.270 | sala 304 | Savassi
30.130-168 | Belo Horizonte | MG
(31) 3141-1256

À memória de minha irmã Jane, que partiu pouco antes de desvendar toda a história de sua avó paterna.

Agradecimentos

A Nilza Cantoni, que durante meses me cedeu informações sobre a história de Leopoldina e documentos de seus arquivos pessoais, o meu sincero agradecimento. A Cristina Esteves, pela leitura cuidadosa, sugestões e estímulo à publicação deste livro. A Conrado Esteves, pelas correções e o incansável acompanhamento das providências necessárias à composição final do livro. A minha "sobrinha" Raquel Teles Yeheskel, pela gentileza de haver lido meus rascunhos e dado valiosas sugestões para o enriquecimento do texto. A Sergio Labruna Cunha, pela cuidadosa leitura e formatação dos diálogos. A Maria Eliza L. Borges, pelas críticas construtivas. A minhas sobrinhas Denise e Andréa, às quais submeti a leitura prévia de alguns capítulos. A Rosalina Gama Salgado, prima que identifiquei ao longo da pesquisa e que contribuiu com novas informações sobre a família. A Lincoln Porto de Queiroz, Lindaura, Lilian, Dulce Maria, Maria Cândida, José Newton Meneses e Renato Boschi, pela leitura e incentivo à publicação deste ensaio. Finalmente, agradeço a Quixote+Do Editora, em especial a Luciana Tanure e João Camilo, pela gentileza de publicar este livro.

É o passado que nos diz quem somos;
sem ele, perdemos nossa identidade.

Stephen Hawking

Sumário

Prefácio

O Bandolim centenário, de Flavio Saliba, pode ser visto, e já é muito, como um romance narrativo bem escrito sobre a história de uma família senhorial sudestina brasileira do final do século XIX até início do XXI.

Mas trata-se de um ledo engano acreditar somente nesta paisagem. Tendo como pano de fundo a própria História do Brasil, numa aula de sociologia sobre os entremeios psicológicos do nosso complexo patriarcado, que explica em grande parte nosso imaginário social da *terra brasilis*, em suas raízes de afeto, café e economia, Flavio revela, através de sua ancestralidade, uma universalidade presente em todos os seres humanos: a eterna luta entre o coração e a razão.

Na sua sensibilidade e espírito investigativo, como cabe a um genuíno *scholar*, o feminino clama pela liberdade da alma na sua incansável busca através e pela arte. Como disse o poeta, "a vida não basta..." e não bastará para Elisa.

Permeado, por vezes, com uma lente descritiva dos ares (*Zeitgeist*), objetos e almas, com uma descrição quase machadiana, o autor nos remete a nós mesmos como ficção de ser. Não sem sincronicidades junguianas como a noite no que viria a ser o Café Bataclan, em Paris.

No presente, encontra-se o passado. Ausências e mortes prenunciadas, algumas em notas guardadas na caixa de ressonância de um bandolim, se transmitem como um romance contemporâneo: um quebra-cabeças no dedilhar das cordas do tempo. Uma memória que resiste em ser apagada e ressona nos corações daqueles que buscam recordar para viver.

Por detrás de uma história familiar e uma busca pela origem, existe a arte que Flavio anela com sensibilidade, revivendo o que foi perdido e tão necessário neste apagão de memória que hoje presenciamos.

Saboroso como quitandas e saraus de polca, ao mesmo tempo melancólico pressagiador como o *Rouge e o Noir*, que Elisa lia, o livro segue uma linha do tempo que é interrompida para mais adiante se alinhavar num crochê que não pode ser terminado, pois anuncia o próprio fim que nunca pode ser dito inteiramente... talvez nas cordas de um bandolim.

Museu Imperial, Petrópolis, novembro de 2021.

Ricardo Carvalho

Doutor em Sociologia e Psicanálise.

Elisa, 1883

Da janela de seu aposento no andar de cima do casarão, Elisa observava, ao longe, a chegada dos seis cativos recebidos por seu pai, Francisco Joaquim, como pagamento de dívida contraída por seu primo, o fazendeiro Joaquim Francisco. Sabia exatamente quantos eram por ter cometido a indiscrição de passar os olhos na missiva por ele enviada a seu pai. Com esta nova leva, subia para mais de cinquenta a posse de cativos nas fazendas da família – calculou a moça. Não se sentiu feliz com isso, mas resignou-se tal como em outras situações constrangedoras.

Exímias farejadoras de bons negócios, as famílias abastadas da província de Minas espalhavam os filhos entre a Corte, onde usufruíam mais facilmente das benesses da Coroa e outras paragens onde o ouro, o comércio e a lavoura prenunciassem bons lucros. Não era à toa que tios e primos de Elisa se dispersassem entre o Rio de Janeiro, São João Del Rey e as terras vizinhas às de Francisco Joaquim, desmembradas das sesmarias concedidas ao patriarca da família havia mais de meio século.

Elisa estava certa de que a história entenderia essa gente. Mais do que sesmeiros, eram homens fortes, desbravadores das terras brasileiras. Mais do que escravocratas, ou escravos do dinheiro, estavam cultivando a terra e gerando riquezas. Mais do que oligarcas, que eram, estavam garantindo a unidade da vastidão das terras brasileiras e moldando as instituições e o Estado nacional. Da forma que a época e a Coroa permitiam – pensava a moça.

Elisa deixou a janela e foi consultar os livros sobre a mesa que, junto com os vestidos, calçados e perfumes, sua mãe, Guilhermina, lhe trouxera de Paris. Consultou alguns deles e jogou-se na cama para ler *Le Rouge et le Noir*, de Stendhal. Logo caiu no sono. Só acordou quando Eva e Rita, suas jovens mucamas, adentraram o aposento para preparar-lhe o banho. Foram bons momentos de cochichos e risinhos, só interrompidos quando Elisa lhes falou de sua paixão arrebatadora pelo senhor Galdino.

Fazendeiro e proprietário de um dos jornais locais, dito imparcial, embora mal disfarçasse o pendor republicano, Galdino havia chegado a Leopoldina há pouco mais de cinco anos para adquirir terras. A cidade não era grande, embora afluente, impulsionada pela febre do café, a chegada da linha férrea e o afluxo de gente disposta a pôr abaixo o que restava da Mata Atlântica para cultivar cafezais que subiam e desciam morros estendendo-se para além do alcance da vista.

– Não vejo a hora de irmos para o sobrado, na cidade, pôr os olhos no senhor Galdino e, quem sabe, encontrar um pretexto para fazer-me notar – disse Elisa às mucamas. – Mas que esta história não passe desta porta – advertiu.

Terminado o longo e reconfortante banho, a moça foi auxiliada pelas negrinhas a vestir-se com um dos modelos trazidos pela mãe. Puxa daqui, ata dali, comprime o ventre, ajeita o decote realçando o busto e, em menos de uma hora, estava pronta para o sarau que Guilhermina havia preparado para alguns notáveis locais, acompanhados de suas esposas e filhos. Um desses moços seria, com certeza, pretendente à mão de Elisa e à fortuna do amável e requintado Francisco Joaquim, formado em Coimbra, como os demais homens da família. A ele devia-se a existência, na casa, de centenas de livros que lia e fazia ler as três filhas. Não conseguiu gerar um varão, mas era feliz ao lado da mulher e das filhas, principalmente ao lado de Elisa, a mais jovem, em quem via muitas prendas. Convenceu-se de que após sua morte ela tomaria a frente dos negócios ou deles se desfaria antes da eventual derrocada do café na região.

Ah... sim, experiência e faro é o que não faltava a este homem de leitura, conhecedor das oscilações da economia, da fugacidade dos negócios e da passagem de fortunas de uma mão a outra! Cedo ou tarde o café levaria muita gente à ruina. Caso isto acontecesse, Elisa deveria transferir-se com a mãe e a irmã, Rosa Amélia, para a Corte. Lá contariam com o apoio dos tios para administrar seus bens e arranjar-lhes esposos de boa estirpe.

– Até mesmo sua mãe, Guilhermina, que ainda é jovem, não deve permanecer viúva para sempre – dizia Francisco Joaquim às filhas. A morte parecia rondá-lo ou, melhor, ele a pressentia, apesar de gozar de boa saúde.

Não eram raras as ocasiões em que Elisa o acompanhava na inspeção da labuta nas fazendas, o que lhe permitia, com tão pouca idade, dar sugestões ao pai quanto à acomodação e à alimentação da escravaria. Numa dessas andanças, Francisco Joaquim falou-lhe de sua curta passagem pela prisão por haver assinado, em São João Nepomuceno, juntamente com seus primos e o irmão Joaquim Antônio, o manifesto de apoio aos liberais em 1842. Mais que isso, teve participação ativa nas articulações em defesa da volta à legalidade e no enfrentamento à oligarquia que havia assumido o poder sobrepujando a autoridade do jovem imperador Pedro II. Disse haver sido bem tratado na prisão, apesar de notícias dando conta de que, em muitas vilas da região, os defensores da causa liberal teriam sido duramente castigados.

O contato com a literatura francesa servia-lhe, quando nada, para que Elisa aprimorasse a sensibilidade incutindo-lhe noções, ainda que nebulosas, sobre os ventos de liberdade e igualdade que sopravam no Velho Continente. Apreciava a leitura de Alexandre Dumas, filho, que a despertou para a condição amesquinhada da mulher na sociedade da época, sugerindo que, tanto quanto o homem, a mulher deveria ter direito ao voto. Leu e releu, sob os protestos da mãe e a complacência do pai, a obra que o consagrou: *La Dame aux Camélias*. Não virou abolicionista porque sabia bem da importância do escravo para gerar riquezas, quando nada a do próprio pai, que tinha na conta de homem trabalhador, sereno no tratamento dos cativos e merecedor de tudo o que havia conquistado.

Monarquista convicta, a família colecionava comendas e títulos de nobreza desde o primeiro reinado, bem antes da farta distribuição de títulos de barão aos grandes plantadores de café. Orgulhava-se de ter, entre os seus antepassados, Manoel Jacinto Nogueira da Gama, o Marquês de Baependi que, entre outras honrarias, havia sido presidente do Senado Imperial durante a Regência e agraciado com sesmarias em Valença e na Corte, onde criava gado nas redondezas da praia de Ipanema. A família cultuava a elegância do recato, embora se metesse na política de compadres participando do revezamento entre as famílias de posse no controle da Câmara municipal, cujo poder era decisivo no trato dos interesses dos grandes fazendeiros e comerciantes.

Havia mais de um século, tios, avós e bisavós de Elisa vinham se destacando na política como membros do Senado, governadores da Província, juízes e militares, em parceria com meia dúzia de clãs abastados daquelas bandas. As famílias dos camarários, ou vereadores, casavam entre si, consolidando as teias de relações que garantiam a realização de suas ambições políticas e financeiras. Envolver-se até o pescoço na política era a condição para o sucesso nos negócios, principalmente naqueles relacionados a grandes extensões de terra.

Pronta para ir ao encontro das visitas, Elisa decidiu permanecer em seu aposento. Justificaria a ausência alegando enxaqueca ou um mal-estar súbito. Com isso poderia dar continuidade à leitura da admirável obra de Stendhal. Isso se os delírios de amor pelo belo Galdino lhe dessem trégua. Não demorou muito para que uma das mucamas batesse à porta para informar-lhe que dona Guilhermina estava de maus bofes devido à sua ausência. Foi quando decidiu descer ao salão, cumprimentar as visitas e, como sempre, sentar-se ao piano. Executou, à perfeição, um belo Noturno de Chopin, mas logo passou às polcas e mazurcas, ritmos da moda, mais ao gosto dos jovens presentes. Comparados ao senhor Galdino, estes jovens não são nada interessantes – pensava. Julgava-os parvos, para dizer o mínimo.

Não faltaram, na noite, declamações de longos poemas, canto lírico e guloseimas preparadas pelas afobadas cozinheiras, instruídas a não errar ou atrasar na preparação dos quitutes. Elisa tratou de acomodar-se ao lado do pai para evitar os olhares de censura da mãe, por não se mostrar afável com as visitas, ou melhor, com seus eventuais pretendentes, de preferência um de seus primos, tal como ela, que havia desposado o primo Francisco Joaquim. Afinal, eram como se pertencessem todos a uma só família, moços que sabiam respeitar as donzelas e cujas fortunas e posição social os credenciava para desposar as filhas – pensava Guilhermina. A mais velha, por falta de traquejo e pela feiura que afugentava os varões, já havia sido devidamente despachada para o antigo Mosteiro de Macaúbas. Mas Guilhermina não almejava destino semelhante para Elisa. Moça de beleza incomum e educada nos melhores padrões europeus não há de ter a vida desperdiçada num convento – pensava. Há de nos dar netos e bisnetos com tutano para ampliar a fortuna e o prestígio legados por seus antepassados. Poetas de renome, membros de prestigiosas academias literárias europeias e políticos de primeira linha é o que, até agora, não faltou na família.

– Não podemos deixar tudo isso ir por água abaixo – dizia Guilhermina às filhas. – Nada de príncipe encantado, de sonhos impossíveis. É preciso ser prática e enfrentar a realidade, aliás, uma realidade bastante confortável – completou.

Cada advertência da mãe a este respeito era como uma ducha de água fria ou, pior, como um punhal no peito de Elisa. Rosa Amélia, mais cordata, ouvia com humildade as palavras da mãe assentindo com leves movimentos de cabeça. Talvez por isso, tenha se casado já com seus vinte e cinco anos como, aliás, convinha às moças da elite. Apesar de não se entenderem em assuntos do coração, as irmãs se davam bem, conviviam em harmonia. Ultimamente, vinham tendo aulas de bandolim, instrumento que, com o Choro, estava sendo introduzido nos salões da alta sociedade do Império. A ideia foi do pai que, em viagem à Corte, encantou-se com a sonoridade do instrumento e resolveu presentear as filhas com a melhor marca disponível no comércio. Entusiasmadas com a novidade, as moças propuseram-se a tocar juntas num futuro próximo. Rosa ao piano e Elisa ao bandolim. Bandolim de triste memória.

Valentina, 1963

Recolhida em seu quarto, como de costume, a viúva Valentina dava os toques finais na colcha de crochê que, havia meses, vinha tecendo à perfeição para presentear a neta, Joanna, quando esta se casasse. Embora não tenha se casado, a moça guardou com zelo e respeito a colcha que considerava uma bela e trabalhosa obra de arte.

Se defeitos tinha Valentina, o maior deles era o de manifestar sem cerimônia sua predileção por um dos dois filhos ou por dois dos seus muitos netos. Com isto, criava uma predisposição contra si mesma no meio familiar. Além de Joanna, previa um futuro brilhante para o neto mais velho, Rogério, a quem sempre dirigia um olhar de admiração e a quem destinava todo o afeto de que era capaz, quase sempre na forma de guloseimas que subtraía, às escondidas, dos demais irmãos. Esses que se entendessem com a mãe, sua desafeta nora.

Bem-vindos ao seu recanto só os netos queridos que, diariamente, vinham lhe fazer companhia e tentar inteirar-se de alguma passagem de sua vida. Ao passado, Valentina se referia muito a contragosto, com monossílabos.

– Vó, me fala de sua mãe – pediu-lhe, certa vez, Joanna.

Valentina acendeu o Liberty e aproximou-se da janela para soltar suas baforadas. Fumava desde mocinha, quando ia à cozinha jogar conversa fora com as forras que viviam na casa da tia, irmã de seu pai, com quem foi morar após a morte da mãe.

– Tenho lembranças muito vagas de minha mãe. Quando ela se foi, eu mal tinha completado três anos; minha irmã, Neném, tinha menos de dois anos, e Thomé alguns poucos meses – disse.

– De que ela morreu? – indagou a neta.

– Coisas da vida – respondeu a avó.

– Não entendi – replicou Joanna.

– Suicídio – respondeu.

– Mas por que ela se matou? – insistiu Joanna.

– Paixão. Desconfiava que meu pai a traísse. Basta por hoje, passado é passado – concluiu Valentina, que só deixava o quarto para as refeições, para tomar um cálice de licor – que jurava fazer bem à saúde – e, de preferência, nas ausências da nora, quando aproveitava para alimentar seus canários belgas e limpar suas gaiolas. No mais, tratava de ensinar à neta pontos de crochê e rudimentos de francês. Não raro, se distraía jogando escopa enquanto aguardava a chegada, sempre tardia, do dono da casa, seu filho mais novo. Servia-lhe o jantar no prato tirado do forno e, com ele, estendia a conversa até que o sono chegasse. Sentados à mesa de jantar, Valentina ouvia mais que falava, criando origamis ou dobrando papéis manilha em sanfonas que recortava, formando uma espécie de toalha de mesa com desenhos geométricos. A nora se recolhia bem mais cedo.

Sempre em defesa do filho, Valentina ironizava as lamúrias da nora, a quem atribuía a culpa pelo distanciamento do marido insinuando, sem dizer com todas as letras, que ela andava desleixada e acima do peso. Os netos prediletos calavam-se, mas os demais, lógico, tomavam o partido da mãe. Estava armada a confusão. A nora não deixava por menos: velha coroca e alcoviteira eram seus xingamentos prediletos. Quando os ânimos se exaltavam além do aceitável, Valentina clamava baixinho por Osório e percorria o ambiente entoando o Hino Nacional, numa clara sugestão de que se fizesse silêncio, como mandava o costume. Por que invocar o nome de Osório, nunca se soube.

Na manhã seguinte, partia com sua pequena e surrada mala para a casa do filho mais velho e por lá ficava até encrencar-se com sua mulher e partir por um período mais longo para a casa de Violeta, amiga e conterrânea, onde também tinha seu próprio aposento. Mulher simples e cordata, Violeta, hoje com cento e poucos anos, não está lúcida o suficiente para lembrar-se da amiga e, muito menos, de detalhes de sua vida. Com ela, Valentina permanecia um bom tempo até que a saudade, ou o incômodo que imaginava causar a obrigassem a retornar, sempre provisoriamente, à casa de um dos filhos.

Apesar das rusgas, Valentina era uma mulher sóbria e contida em seus vestidos de estampado miúdo, arrematados com golas de crochê ou fustão. Em seu pequeno corpo empinado, a velha exalava certa elegância e refinamento nos gestos.

Os netos desconfiavam que, além do visível ciúme dos filhos, sua implicância com as noras tivesse a ver com episódios que ela supunha reveladores de sua superioridade social. Por isso se incumbiam de propalar sua rabugice ao resto da família. Só muito mais tarde foram perceber que a avó tinha lá seu encanto. Tarde demais.

Valentina observava o mundo de um jeito poético e tinha opiniões que revelavam bom conhecimento de história e interesse pela vida política do país. Lia pelo menos um jornal ao dia, detendo-se nas crônicas e nas colunas políticas. Não era incomum ouvi-la cantarolando *La vie en rose* ou velhas valsas enquanto fazia seus crochês. Que mistérios guardaria esta mulher tão próxima e, ao mesmo tempo, tão distante? Auto exilada em seu canto, luz apagada, acendia seu Liberty, às vezes partido ao meio, e postava-se à janela para escutar o silêncio do fim de tarde, aspirar o perfume suave do jasmim e matutar, sobre o que nunca se soube. Fazia-se respeitar, mas não tinha o dom de se fazer amada. Rogério e Joanna se revezavam nas visitas diárias a seu recanto, puxando conversa e, como sempre, assuntando-a sobre coisas do passado. Tinha uma irmã no Rio e meios-irmãos em Belo Horizonte, além do irmão caçula, fazendeiro de café no sul de Minas, que não visitava ou mencionava com muita frequência. Vez por outra, deixava escapar que o governador fulano ou o poeta sicrano eram seus primos. Joanna lembrava-se de que, ao final dos anos cinquenta, quando a avó foi avisada da morte do irmão mais novo, Thomé Elísio, seu pai prontificou-se a levá-la ao Sul de Minas para um último adeus. A resposta foi um seco não.

– Prefiro guardar na memória sua imagem de criança – disse.

Atitudes como essa intrigavam netos e noras, reforçando sua fama de mulher intratável.

Joanna, 2013

Anos após sua morte, Valentina ainda era lembrada nas conversas de família. Não tanto por saudades ou reverência à sua memória, mas pelo rastro de mistério que deixou sobre si mesma e pelo reconhecimento tardio, por parte dos netos, de algumas de suas qualidades. Reconheceu-se que o que era tido como mau humor ou arrogância nada mais era que o resultado da vida solitária de quem havia sofrido dolorosas perdas desde a mais tenra idade. Pairava entre os netos o sentimento de que a avó não recebera em vida, senão o afeto, pelo menos um pouco mais de atenção. A inexperiência e o umbigo fazem dos jovens uma espécie de monstrinhos insensíveis aos idosos, que julgam esclerosados, ultrapassados, seja lá o que isto significa. Fazer o quê? Como diria o sarcástico Nelson Rodrigues, "o jovem tem todos os defeitos do adulto mais um: o da imaturidade".

Joanna, em particular, lamentava não ter usufruído melhor a convivência com a avó, mesmo tendo cumprido com desvelo seu papel de neta predileta. Ia sempre a seu quarto e, vez por outra, com ela caminhava pelos jardins da casa ouvindo seus comentários sobre cada flor, cada folhagem. Movida pelo desejo de melhor entender sua alma e traçar um retrato mais fiel daquela figura humana,

Joanna propôs-se a desvendar – não sabia como – a vida da avó. Logo percebeu que esta seria uma tarefa árdua, quase impossível, já que, a esta altura, parentes e amigos que pudessem acrescentar o que quer que fosse sobre a velha estavam mortos, inclusive seus dois filhos. Por via das dúvidas, conferiu com os irmãos as poucas informações de que dispunha. Todos concordaram quanto a seu nome de solteira e de casada, quanto aos nomes de seus pais, data e local de nascimento, além de uma ou outra efeméride que a velha havia deixado escapar.

Começou pela leitura de histórias das famílias brasileiras. Fuçou, sem o devido treinamento, arquivos públicos e trabalhos acadêmicos antes de se render à internet por insistência de Glaucia, amiga e vizinha. Não levou muito tempo para que Joanna percebesse a utilidade da nova ferramenta. Bendita internet, que nos põe tudo à mão. Benditos mórmons, que salvaram da destruição milhões de registros da vida e morte dos ascendentes de seus eventuais fiéis, espalhados por milhares de paróquias da Santa Madre Igreja – pensou. Sequer imaginava que o interesse dos mórmons por aquela papelada, aparentemente inútil, tivesse a ver com um de seus rituais sagrados: a "Ordenança para os Mortos", que pressupõe o batismo dos ancestrais de seus fiéis, algo semelhante à "Comunhão dos Santos", ou oração pelos mortos, da Igreja Católica Romana.

A despeito das informações disponíveis nos arquivos, a busca não foi tão simples como se afigurava de início. Relembrando conversas com a prima Cecília, museóloga carioca falecida pouco antes da difusão da internet, Joanna iniciou a tarefa de trás pra frente. Foi buscar os antepassados mais remotos e notórios mencionados pela prima. Pouco adiantou, pois a montoeira de registros carcomidos pelo tempo nem sempre facilitava a comprovação das relações de consanguinidade entre as sucessivas gerações. Como se não bastasse, o antigo hábito de batizar os filhos com os mesmos nomes dos pais, avós ou tios fazia com que ora se tomasse o pai pelo filho, ora o primo pelo irmão e por aí afora. Mesmo porque, no passado, era pequeno o repertório de nomes próprios, como o provam o Joaquim e o Manuel entre os portugueses e seus descendentes tupiniquins diretos. Depois de muito bater cabeça com aquela profusão de dados aparentemente desconexos, Joanna resolveu inverter a coisa dando início à busca pelos seus ascendentes mais próximos.

Foi grande a surpresa com o que via pela frente. Confirmou todas as informações de que dispunha e surpreendeu-se com muitas outras, que acabaram estimulando-a a prosseguir em sua tarefa. Como somos crus em relação às nossas origens e aos nossos entes queridos – pensou. Deixou de lado o trabalho e foi dormir.

Padre Hilário, 1885

Elisa andava impaciente. Lá se ia um mês que a família não passava os fins de semana no sobrado da cidade. Cumpriam suas obrigações religiosas ali mesmo na capela da fazenda. Caso convocado, o pároco ia até eles. Numa dessas ocasiões, Elisa resolveu se confessar. Não porque julgasse haver cometido algum pecado mortal, mas por não ter com quem desabafar, falar de sua paixão pelo senhor Galdino. Esperou que a família deixasse a capela e sussurrou ao ouvido de padre Hilário que precisava se confessar.

O velho olhou-a com ar de quem esperava por algo muito grave, rezou baixinho por um instante e, então, disse:

– Conte-me o que lhe perturba, senhorinha.

– Padre Hilário, espero que o senhor saiba compreender minhas aflições, meu amor por alguém que mal conheço, mas que, ao ver de soslaio, senti que meu destino estava traçado – disse ela.

– Minha filha, o amor que temos no peito deve ser reservado somente a Deus, nosso Pai. Entre um homem e uma mulher não há isto que vocês chamam amor. No matrimônio há cumplicidade, respeito, obediência. Esta é a lei de Deus, e quem se comporta de outra maneira não é um bom cristão, arrisca-se a ser queimado no fogo do inferno. Desculpe-me, senhorinha, mas desconfio que vosmecê tem-se deixado influenciar por essa literatura francesa pecaminosa. Seus pais sabem de seus sentimentos por esse moço? Eles, com certeza, já estão apalavrados com os pais de seu futuro esposo, têm compromisso com alguma família ilustre. E quem é esse rapaz, senhorinha? A que família ele pertence? – perguntou.

– É o senhor Galdino de Freitas, padre – respondeu a moça.

– Meu Santo Deus, aquele do jornaleco abolicionista? – indagou o religioso.

– Sim, padre, ele mesmo – respondeu assustada.

– Não tenho bons presságios, Elisa, e seus pais com certeza não darão sua bênção, não irão permitir uma sandice dessas. Conheço o senhor Galdino e, apesar de ele estar do outro lado na política, sei que ele é um homem de bem, um próspero fazendeiro e uma pessoa temente a Deus. Mas estamos diante de um grande embaraço. Em tempos idos, sua família e a dele tiveram entreveros. Nunca soube, ao certo, do que se tratava. Parece-me que seus avós ou bisavós se digladiavam por pendengas políticas ou disputa de terras, o que dá no mesmo. Pelo que me consta, as duas famílias hoje vivem em paz, não são inimigas, mas no fundo há sempre uma mágoa, um desconforto. Vou apurar com calma essa história e prometo-lhe relatar os fatos. Não há de ser no confessionário, pode ser no adro da Igreja, aqui mesmo na fazenda ou no sobrado da família. Tenho por mim que o senhor Francisco, seu pai, que é uma pessoa sensível e cordata, não se oporia à sua união com o senhor Galdino. Isto, caso ele não tenha prometido sua mão em casamento à família de algum varão. E promessa é dívida entre os homens de bem. Além disso, minha filha, é pouco provável que sua mãe venha a concordar que a senhorinha despose um homem que, mesmo tendo posses, não seja um Monteiro de Barros, um Lacerda, um Villas Boas, um Cerqueira ou um Almeida Gama, tudo aparentado, farinha do mesmo saco. Não diria que a senhorinha esteja cometendo um pecado mortal e, sim, uma leve ofensa a Deus. Peço-lhe que me acompanhe no Ato de Contrição: *Deus meus, ex toto corde paénitet me ómnium meórum peccatórum...*

Não demorou muito para que padre Hilário apurasse os fatos e viesse procurá-la. Chegou a cavalo, guarda-chuva à mão, protegendo-se do sol. Vinha de uma extrema-unção que ministrara a um velho amigo numa das fazendas vizinhas. Calculou bem o momento de falar com Elisa – o meio da tarde quando Francisco Joaquim costumava embrenhar-se nos cafezais e dona Guilhermina, para driblar o calor sufocante, fazia a sesta em trajes de cambraia, linho ou seda no andar superior da casa grande.

Elisa correu ao seu encontro e, puxando-o pela mão, sentaram-se num dos longos bancos de madeira dispostos no alpendre. Sem que fosse solicitada, a jovem ordenou às mucamas que providenciassem jarras de água e refresco de maracujá, que o religioso bebeu saciando a sede de horas a fio sob o sol inclemente.

– Bem, minha filha, o que tenho a lhe revelar é um fato ocorrido há mais de cem anos e que beira a comédia. Lá pelos idos de 1780, uma disputa pela posse de terras levou seus antepassados a enfrentarem dura batalha com Alvarenga Peixoto e seu sogro, pai de Barbara Heliodora, que o sucedeu no comando da Ouvidoria, em São João Del Rey. A razão da disputa seria a arrematação por um

Villas Boas, o vigário colado da Matriz do Pilar, em São João Del Rey, de uma fazenda pertencente aos herdeiros do capitão Leite Coimbra. A verdade é que Alvarenga havia muito cobiçava essas terras e não se conformou com o fato delas terem ido parar nas mãos de terceiros. Com o apoio do Ouvidor, seu sogro, Alvarenga passou a caluniar o vigário que, muito justamente, foi defendido por seus primos e irmãos, os Villas Boas e Gama, incluindo o doutor Basílio da Gama, escritor e poeta, membro da Academia das Ciências de Lisboa e autor do poema épico *O Uraguay*, que havia sido contemporâneo de Alvarenga em Coimbra. A amizade que nutriam desde então transformou-se numa contenda de baixo nível que durou quase dez anos. Os desafetos do vigário teceram uma história escabrosa que me envergonho de revelar a uma donzela – ponderou o religioso. Bem, espalharam o boato de que o padre vinha sendo visto dentro da banheira com suas duas primas esfregando-o e fazendo coisas indizíveis. A calúnia espalhou-se como erva daninha e acabou "servindo de pretexto para que o Ouvidor banisse da Comarca o injuriado vigário Villas Boas. Este se viu compelido a recorrer à Relação do Rio de Janeiro. Felizmente, a atitude do Ouvidor e de seus aliados foi considerada de tal forma arbitrária que os juízes da Relação reabilitaram o pároco e, de sobra, passaram uma boa descompostura em seus detratores". Eu, pessoalmente – disse ainda padre Hilário – estou convencido de que o religioso era inocente, embora reconheça que alguns deslizes possam ser cometidos por membros da Igreja, que "nem sempre cumprem a difícil tarefa de equilibrar os negócios da paixão e da religião". Elisa baixou a cabeça, ruborizada. Bom, mas o que tudo isso tem a ver com o senhor Galdino de Freitas, que é o que interessa? Muito pouco, quase nada. Acontece que os Villas Boas passaram a desconfiar que Alvarenga e o sogro tivessem ligações com o Coronel Silva Freitas que, como advogado, estaria lhes dando assistência jurídica, logrando arrastar o processo por anos a fio. Pois bem, a suspeita que pesava sobre o coronel, que vem a ser bisavô do senhor Galdino, bastou para que as duas famílias se estranhassem durante tantos anos. Por isso, senhorinha, é melhor afastar essa ideia de envolver-se com esse senhor e elevar o pensamento a Deus. Caso contrário, temo que vosmecê venha a passar por muito sofrimento. Mas, se precisar, pode contar comigo para conversar com seus pais. Agora vou me retirar, pois tenho uma longa cavalgada pela frente – concluiu padre Hilário, montando em seu animal. Lágrimas escorreram pelo rosto delicado e, ao mesmo tempo, determinado da jovem que adentrou o casarão encerrando-se em seus aposentos pelo resto do dia.

Elisa, junho de 1885

Elisa só encontrou alento na decisão que a família havia tomado de passar parte daquela semana na cidade. Francisco Joaquim iria cumprir a tarefa de segurar a vara do pálio durante a procissão de Corpus Christi, uma honraria reservada a poucos, especialmente aos comendadores da Imperial Ordem da Rosa, como ele.

Ao fim da manhã daquele domingo, Guilhermina e as filhas, vindas de visita a uma prima de resguardo, adentraram o sobrado, onde Francisco Joaquim havia permanecido com o intuito de descansar da azáfama dos últimos dias. Exaustas e com fome, Guilhermina e Rosa Amélia foram até a cozinha beliscar alguma coisa, enquanto Elisa desabava no canapé do salão principal. Feito silêncio, a moça teve a impressão de ouvir vozes vindas da sala ao lado, onde o pai fazia suas leituras e tratava de negócios. Apurou os ouvidos, mas não identificou as vozes e, muito menos, o teor da conversa. Pôs-se de pé para evitar que a surpreendessem recostada. Foi por pouco. Naquele exato momento Francisco Joaquim deixava o gabinete em companhia da visita.

– Oh, minha filha, já estão de volta? – indagou. Elisa, trêmula, não disse palavra. – Senhor Galdino, esta é minha filha, Elisa.

– Encantado senhorinha – disse o rapaz. – Creio tê-la visto quando ainda era criança – estou certo, Senhor Francisco?

– É provável, mas nos dias de hoje a vida passa a galope, e a gente mal dá conta das transformações à nossa volta. Elisa completou dezessete anos, mas para mim ela ainda é uma criança, apesar da maturidade que demonstra em quase tudo, inclusive nos negócios. Ela é meu braço direito – disse, sorrindo para a filha. Elisa mal conseguia levantar os olhos para fitar o homem que, de uns tempos para cá, insistia em frequentar seus sonhos.

– Com a sua licença, senhor – disse a moça – retirando-se, apressada, para jogar-se nos braços da mucama Eva que, ao longe, observava a cena e que, assim como Elisa, quase desfalece em meio ao turbilhão de emoções inesperadas. O misto de surpresa e embaraço estampado no rosto da moça não passou despercebido de Galdino que, alguns anos mais velho que ela, podia dizer-se um homem experiente, conhecedor dos mais sutis meandros da alma feminina.

Abraçadas, Elisa e Eva se emocionaram e murmuraram tempo suficiente para chamar a atenção de Guilhermina que, apressada, cruzou o corredor indagando com ar inquisidor:

– Posso saber a razão desta algazarra?

Foram salvas por Francisco Joaquim, que vinha em direção a elas, surpreendendo a mulher que o supunha repousando.

– O senhor meu marido está vindo da rua? – indagou Guilhermina.

– Não, fui levar uma visita inesperada até a porta – respondeu sem dar detalhes, já que, nesse mesmo momento, Rita veio lhes avisar que o almoço estava servido.

Sentaram-se em silêncio ao redor da mesa e assim permaneceram até que Guilhermina se dirigisse ao marido para saber quem era a visita inesperada.

– Você não vai acreditar, mas a pessoa que acaba de sair é o senhor Galdino Vieira de Freitas – respondeu Francisco.

– Deveras inusitado – observou a mulher. – Algum motivo especial para que ele viesse dar com os costados na residência dos Almeida Gama? – indagou Guilhermina.

– Bem, ele se desculpou por ter me procurado, mas sugeriu que não devíamos nos sentir responsáveis por fatos ocorridos há mais de um século. Doutor Francisco, eu jamais me inteirei dos meandros do entrevero entre nossos antepassados. Cresci num ambiente em que nada se comentava a esse respeito e só aos poucos me dei conta de que nossos familiares só se cumprimentavam quando se viam frente a frente, por força de alguma circunstância. Como disse, não vejo razão para que não possamos conviver de forma cordial. Foram estas as palavras do senhor Galdino – disse Francisco Joaquim. Eu, da minha parte, concordei com ele e sugeri que se sentisse à vontade para nos visitar e pronto – concluiu.

Por um instante, Elisa sentiu-se aliviada, esperançosa. Mas só por um ínfimo instante, já que a mãe dirigiu-lhe um olhar vitorioso de quem havia captado no ar a razão dos cochichos entre ela e a mucama minutos antes.

– Bem, mas afinal, qual foi o motivo dessa visita? – indagou a mulher.

– Veio a mim para dizer que tem interesse em comprar aquela terra que faz limite com a dele. Desconversei e dei a entender que aqueles alqueires intocados, ou bem servirão para uma futura expansão de minhas lavouras, ou bem serão mantidos como uma espécie de amostra do que foi a exuberante mata na nossa região. Por certo, ele não esperava por essa negativa. Engoliu seco, mas foi cordial e disse entender meus motivos – concluiu Francisco.

– Não fosse ele um abolicionista e detrator da família real em seu pasquim, e eu lhe daria algum crédito, concordaria com as pessoas que o têm na conta de homem culto e cavalheiro. Só não vejo razão para que ele passe a nos frequentar – concluiu Guilhermina, pousando o olhar, mais uma vez, em Elisa. Naquela mesma tarde retornaram à fazenda.

Elisa, dezembro de 1885

Desde aquele domingo de fortes emoções, Elisa vinha oscilando entre a esperança de rever o amado e a decepção com sua ausência da cidade nos poucos fins de semana que, agora, a família se deslocava para o sobrado. Se fosse para tratar de negócios, o pai ia e voltava no mesmo dia. Guilhermina, por sua vez, não movia uma palha para fazer compras. Deixava a tarefa por conta dos serviçais. Vestuário, roupas de cama, mesa e banho, entre outros apetrechos domésticos, havia de sobra na casa, trazidos da Europa ou adquiridos na Wallerstein e nas outras lojas de luxo da Rua do Ouvidor. Vizinhos e parentes vinham até ela com alguma frequência, mas Elisa tinha de se contentar com a visita dos professores de música e a leitura, além, é claro, de Eva e Rita, suas confidentes.

A tristeza, aos poucos, invadia sua alma. De nada adiantaram os quase trinta dias que passou na Europa em companhia da mãe e dos tios. A razão da longa estada em Coimbra, prevista pela mãe, era um mistério. Guilhermina insistia que desejava matar saudades de parentes, omitindo a verdadeira razão da viagem, que era afastá-la de Galdino e aproximá-la de um jovem Monteiro de Barros cujo pai havia manifestado, há tempos, o desejo de unir as duas famílias pelos laços do matrimônio. Partiram para o Velho Mundo em meados de junho a bordo do vapor alemão Leipzig que, saindo do porto de Santos, atracava no Rio de Janeiro, antes de seguir viagem.

Deixaram Coimbra antes da data prevista. Os sobrinhos incumbiram-se de informar à Guilhermina que Antônio Augusto Monteiro de Barros não voltaria de vez ao Brasil, pois além de estar se preparando para integrar o corpo docente da Universidade de Coimbra, o moço havia se apaixonado por uma jovem francesa com quem se casaria em breve. Com lágrimas nos olhos, Guilhermina se disse humilhada por esta traição infame, que a coisa não ficaria assim e que, de volta ao Brasil, teria uma séria conversa com os pais do rapaz.

Foi só então que Elisa se apercebeu da armadilha que a mãe havia lhe preparado. Criou coragem e disse:

– Minha mãe, a senhora sabe muito bem a quem pertence meu coração. Por favor, não faça este papelão, nem me peça para perdoá-la por esta trapalhada matrimonial.

Enxugando as lágrimas com um pequeno lenço, Guilhermina pôs-se de pé e, com a costumeira determinação, avisou:

– Vamos deixar esta cidade miserável no primeiro comboio para Lisboa.

Após três dias de visitas a amigos e familiares na capital portuguesa, embarcaram para Paris onde permaneceriam até o final da viagem. Embora encantada com a cidade, suas iguarias, seus cafés e suas ruas movimentadas, Elisa não se sentia feliz em Paris. Temia não ser correspondida em sua paixão pelo senhor Galdino. Mesmo porque não soube de qualquer movimento da parte dele para reencontrá-la. As esvoaçantes valsas nos salões parisienses eram como um sonho prazeroso interrompido antes do desfecho final. Henrique Delfim, irmão de Guilhermina, se desdobrava para distrair a sobrinha. Além dos seguidos bailes, foram a óperas e a espetáculos de balé. Pouco antes de retornarem ao Brasil, assistiram a uma opereta de Offenbach, no Le Grand Café Chinois. Terminado o espetáculo, subiram até o salão de baile, já bem movimentado, onde não permaneceram por mais de uns poucos minutos. Elisa sentia-se mal, com dor de cabeça e tonturas – era o que dizia – insistindo em deixar o local o quanto antes. Ninguém entendeu a razão de seus tremores e de sua pressa, pois a moça mostrava-se alegre e bem-disposta até adentrarem o salão.

Reunida em torno da farta mesa do café da manhã no hotel, a família ansiava por uma explicação convincente do que havia ocorrido a Elisa na noite anterior. Guilhermina suspeitava que a filha estivesse enlouquecendo com essa obsessão pelo senhor Galdino.

– Senti tudo rodando à minha volta e tive medo de desfalecer. Perdoem-me por fazê-los interromper uma noite que prometia ser ainda mais agradável, mas devo lhes confessar que me sentia realmente mal – disse Elisa. – Ter ido direto para o leito em nada ajudou. Tive sonhos, ou melhor, pesadelos, que me deixaram mergulhada no pior dos mundos – completou.

Mãe e tios esperavam ansiosos pelo relato dos tais pesadelos.

– Bem – disse a moça – sonhei que estávamos assistindo tranquilamente à opereta quando, de repente, ela se transformou numa balburdia de sons emitidos por jovens ensandecidos, cabelos longos, argolas nas orelhas e nos lábios, corpos tatuados, como os selvagens brasileiros, porém mais bravios. Era uma apresentação musical ruidosa, num terrível compasso binário que levava o público ao delírio. Jamais vi algo semelhante. Eu me sentia um ser de outro mundo em meio àquelas jovens trajando saias curtíssimas, rapazes com o torso desnudo, tal como nossos escravos, mas tudo muito distinto de nossos hábitos civilizados. Em dado momento ouviram-se tiros e mais tiros, pessoas correndo, gritos desesperados em meio a explosões, das quais não conseguíamos escapar. Eu tentava os encaminhar para a saída, mas éramos frágeis diante da multidão que procurava fazer o mesmo. De repente, vocês soltaram minhas mãos e eu me vi caída ao lado de corpos abatidos e de pessoas ensanguentadas. Perdi a noção de onde estava. Saí carregada por gendarmes, tentando entender o que havia ocorrido e onde eu me encontrava. Não consegui saber, pois na fachada constava apenas o título da opereta a que havíamos assistido e, um pouco abaixo, o que me pareceu ser o número do imóvel: 2015. Fico arrepiada só de falar deste terrível pesadelo que, para mim, é um aviso de que, mais dia menos dia, algo terrível possa acontecer naquele local. Sinto-me realmente exausta – concluiu a moça.

Após sussurrar ao ouvido do irmão que a filha andava realmente estranha, Guilhermina decretou:

– Hoje não sairemos para nada – e, apontando para Henrique e a cunhada, completou: – Vocês estão livres para fazer o que bem entenderem.

Valentina, 1913

Sentada à mesa da cozinha, Valentina alimentava o filho mais velho com a comida do próprio prato e o bebê de colo com o mingau que Divina, a velha agregada da família do marido, preparava para as crianças quando o leite da mãe secava de vez. A jovem mulher vivia para o marido e os filhos. Mais para os filhos, pois João Cândido, ou Joanico, como ela carinhosamente o tratava, era representante comercial e se ausentava por longos períodos.

Desde que se casaram, havia uns três anos, passaram a viver num bangalô cercado por um belo pomar, cedido pelos sogros, os portugueses Ferreira da Cunha, que ocupavam o casarão ao lado. Apesar das ausências do marido, Valentina sentia-se no céu, amada como ninguém e cercada de atenções, já que o esposo, fosse lá onde estivesse, tinha sempre um mensageiro para suas seguidas missivas de amor eterno e verdadeiro. Além do mais, Valentina não tinha tempo para a solidão, pois os cunhados, todos jovens e solteiros, estavam sempre à sua volta, trazendo-lhe novidades e fazendo traquinagens para entreter as crianças. Foram eles, seus sogros e cunhados, e não as famílias de seus pais, que se tornaram, de alguma forma, seus entes mais próximos e queridos.

Tudo parecia em ordem, até aquela tarde em que bateram à sua porta trazendo a notícia da morte de João Cândido, no Espírito Santo, vítima de beribéri. O mensageiro explicou tratar-se de doença causada pela deficiência de uma substância encontradiça na casca do arroz ou no arroz integral, mas ausente no arroz polido. A falta dessa substância termina por enfraquecer o organismo e causar a falência do coração. Pelo menos foi isso que disseram os médicos.

– Infelizmente, a família não poderá velar o corpo, já sepultado, em Guarapari – explicou o mensageiro.

Valentina cambaleou até o meio do pomar para chamar os sogros e os cunhados. Vieram todos num piscar de olhos e, pelo rosto ensandecido da jovem mulher, logo se deram conta do que havia ocorrido. Amanda, sua cunhada, correu para junto das crianças e, em prantos, levou-os até a pracinha onde brincavam subindo e descendo os degraus do coreto em meio a outras crianças e cães de rua, que se imaginam crianças como elas.

Tal como na morte da mãe, Valentina não derramou uma lágrima, embora sentisse se derreter por dentro, tamanha a dor da perda do companheiro de suaves olhos azuis, que mal havia completado vinte e sete anos. Viúva aos vinte e quatro, jamais pensou em casar-se novamente, apesar dos pretendentes que, em várias ocasiões, se apresentaram. Para ela, a junção carnal com outro homem era impensável, algo que lhe faria se sentir suja, traidora da memória daquele que foi tudo em sua vida: marido, pai, amigo, confidente e sem o qual não vislumbrava uma nesga sequer de felicidade. Nem mesmo seus filhos poderiam preencher este vazio. Vestiu-se de negro por um bom tempo, mas resistia às lágrimas para não demonstrar fraqueza e não trair os ensinamentos da tia que a criou com rigor espartano e que pregava a contenção dos instintos e a resistência aos revezes da vida.

Agora estava só para educar e sustentar dois filhos. De forma alguma delegaria esta tarefa à família do finado. Logo começou a preocupar-se com a possível mudança de moradia, e mesmo de cidade, pois não achava justo continuar ocupando o bangalô que, afinal, pertencia aos sogros e não ao finado marido. Mas a determinação com que evitava externar seus sentimentos nem de longe se comparava à devastação que a dor do luto causava em sua alma. Dormia sobressaltada, trancava-se por longas horas em seu quarto e andava falando sozinha como perceberam, primeiro Divina e depois Amanda, sua cunhada. Esta se desdobrava para a entreter de alguma forma, enquanto Divina cuidava dia e noite das crianças. As suspeitas de que Valentina não andava bem da cabeça confirmaram-se na noite em que a cunhada conseguiu o milagre de arrancá-la de casa para irem ao cinema recém-inaugurado na praça do coreto. Jovens, crianças, famílias inteiras afluíam em alvoroço para conhecer a novidade, formando longas filas na bilheteria. Soltando-se bruscamente do braço da cunhada, Valentina postou-se ereta, mão direita erguida e vaticinou:

– Vocês, que se rendem a esta invenção do demônio, serão condenados ao inferno. Cinema não é coisa de Deus e nem de gente que se dê o respeito. O fim do mundo é hoje e vocês serão todos engolidos pelas crateras que se abrirão sob seus pés – disse em tom profético.

Por sorte, Décio e Luiz, seus cunhados, estavam por perto e auxiliaram Amanda a retirá-la rapidamente do local, de forma que nem todos assistiram ao surto público de loucura de uma mulher sabidamente lúcida e dedicada aos afazeres do lar. Em casa, deram-lhe copos e mais copos de água com açúcar e chá de folhas de maracujá, conseguindo acalmá-la e induzi-la ao sono. Valentina acordou aparentemente bem, sem a excitação da noite anterior. Mas, para evitar uma eventual recaída, a família convocou, ainda cedo pela manhã, o infalível doutor Afonso Reis, que lhe ministrou uma dose de Veronal, um novo e eficiente barbitúrico no tratamento de episódios psiquiátricos. Ao que se sabe, a viúva nunca mais apresentou sinais de desordem mental, foi o que garantiu Amanda à sua sobrinha-neta, Joanna.

Valentina já havia mencionado ao sogro o desejo de deixar o bangalô quando recebeu a visita de sua irmã, Maria – ou melhor, Neném, como era conhecida entre os familiares –, disposta a levá-la para Juiz de Fora, onde foi residir depois de casada.

– Minha irmã, conheço sua alma e sua determinação em manter-se independente da família. Aliás, fiquei surpresa ao saber que você havia aceitado morar ao lado de seus sogros, num bangalô a eles pertencente – disse Neném. – Sei também que você talvez recuse minha proposta, mas vou insistir para que você e as crianças venham morar comigo. Lá você estará distante de tudo o que lhe faça lembrar o finado João Cândido e que possa lhe deixar desmiolada a ponto de repetir a cena da porta do cinema – concluiu.

Os sogros não gostaram da ideia e insistiram que as crianças precisariam de cuidados, que os cunhados iriam ajudar no que fosse necessário e que Amanda tinha verdadeira adoração pelas crianças. Valentina se disse agradecida pelo carinho e por tudo que haviam feito por ela, mas nada poderia demovê-la da decisão de deixar Rio Pomba. Na verdade, já vinha pensando nisso antes mesmo do convite de Neném, o qual estava prestes a aceitar. Dias depois, as irmãs e as crianças partiram para o novo destino. Os móveis e utensílios seriam devidamente encaixotados e despachados de trem pelos cunhados. Valentina hospedou-se com Neném apenas o tempo necessário para a chegada de sua mudança quando, então, alugou um modesto bangalô numa travessa da Rua Califórnia, mais tarde renomeada Rua Halfeld, não muito distante da casa da irmã.

– É hora de recomeçar a vida, Valentina, força – disse a si mesma – e, pela primeira vez, desde a perda do marido, abraçou fortemente as crianças e deixou que as lágrimas escorressem.

Guilhermina Rosa, janeiro de 1886

Desde algum tempo, Guilhermina andava matutando sobre o destino de Elisa, cuja infelicidade era visível até aos olhos de desconhecidos. É bem verdade que a morte súbita de Francisco Joaquim havia abalado muito a família e, com mais razão, a Elisa, por quem o finado tinha especial carinho e com quem se entendia às mil maravilhas. Passados, no entanto, alguns meses da morte do pai, Elisa ainda se mostrava angustiada, sem apetite e fraca, o que teria a ver também com sua paixão pelo senhor Galdino – pensava Guilhermina.

Centenas de parentes, políticos e autoridades vindas da Corte, incluindo um representante do Imperador, fizeram-se presentes nos serviços fúnebres de Francisco, que incluíam missa de corpo presente. Elisa nem sequer notou a presença de Galdino no ambiente, tal a dor e a inconformidade com a perda do pai. Na verdade Galdino manifestou seus pêsames apenas à viúva e a alguns parentes mais próximos do finado. Guilhermina percebeu, no entanto, que o rapaz observava de longe os movimentos de Elisa e que, aparentemente, se condoía com seu sofrimento.

Discursos foram pronunciados ressaltando o espírito público de Francisco Joaquim de Almeida Gama, seu importante papel na vida econômica e política da região e da Província, sua afabilidade no trato com as pessoas e suas qualidades de chefe de família extremoso, exemplar. Envolta em seu próprio sofrimento, Elisa não dava atenção aos pronunciamentos daquelas autoridades cujas palavras, embora sinceras, soavam-lhe pouco apropriadas num momento tão doloroso para a família.

Nos dias que se seguiram ao velório, Elisa não se lembrou da figura de Galdino, que esteve presente também à missa de Sétimo Dia e que, desta feita, fez questão de cumprimentar viúva e filhas postadas próximo ao altar. Elisa ainda não havia recobrado as forças para o fitar por um instante que fosse. Mais uma vez, foi Guilhermina quem observou, no olhar do rapaz, uma sincera preocupação com o sofrimento da filha e, pela primeira vez, considerou a possibilidade de ceder ao desejo de Elisa, aproximando-o da família.

Mas eram muitos os problemas a serem enfrentados com o desaparecimento do esposo. O desejo muitas vezes mencionado por Francisco de ver Elisa à frente dos negócios da família era uma tolice arrematada – pensava Guilhermina. Além de muito jovem, a moça não mostrava pendores para ocupar-se da administração das fazendas e demais negócios da família. A paixão por Galdino e, agora, a sofrida perda do pai não lhe deixavam forças suficientes para agir como uma mulher de negócios. Elisa conseguia, quando muito, folhear um livro, trocar algumas palavras com a mãe e a irmã, e dormir o quanto pudesse. À mesa, era mais frugal que nunca.

– Estou sem apetite. Com sua licença, minha mãe, vou tomar a fresca – dizia Elisa, dirigindo-se ao alpendre, onde podia chorar sem que ninguém percebesse. A não ser as mucamas que, sentadas na soleira do alpendre, se distraíam com o jogo das Cinco Marias. Como exigia o luto, o piano permaneceu fechado por um bom tempo e o bandolim esquecido em algum canto do casarão.

– É hora de agir – dizia Guilhermina a si mesma. – Não sou de deixar as coisas para depois.

Mulher de tutano, como ela própria se definia, convocou o guarda-livros, o irmão e um cunhado para lhe ajudarem a esclarecer eventuais pendências comerciais, analisar os livros contábeis e avaliar possíveis prejuízos na comercialização do café, cujos lucros, ainda elevados, vinham caindo com as variações na cotação internacional do produto.

Apesar de se opor à libertação dos escravos, como a maioria dos fazendeiros locais, Guilhermina, assim como Elisa, tinha pressentimentos até sobre o futuro remoto. Mesmo desaconselhada por familiares, tomou a decisão de conceder alforria a escravos mais idosos e de vender parte dos cativos sadios, substituindo-os por trabalhadores livres, entre eles os primeiros imigrantes italianos que chegavam à região. Queria diversificar os negócios e se proteger da ruína que uma eventual proibição do trabalho escravo pudesse lhe causar.

Já conformada com o desejo de Elisa, passou a tratar também de suas núpcias com o senhor Galdino, avaliando perdas e ganhos para a família. Como dizia padre Hilário, os casórios nada têm a ver com o desejo dos nubentes, e sim com os interesses da família – pensava.

A igualdade entre os cônjuges, além de socialmente desejável, era preconizada pela própria Igreja. Igualdade de sangue, de fortuna, de prestígio social e de oportunidades de acesso às redes de poder encabeçavam a lista dos requisitos avaliados nos arranjos matrimoniais. O ideal de casamento por amor que o Romantismo vinha difundindo não era de todo desconhecido das elites brasileiras, mas Guilhermina, avessa a modismos, como ela mesma afirmava, preferia seguir a tradição e cuidar primeiro do interesse familiar num eventual acordo matrimonial.

Apesar do prestígio político e social dos Vieira de Freitas, Guilhermina não via vantagens pecuniárias nessa união, posto que a fortuna amealhada pelo finado marido e pela herança que ela própria recebera do pai superava em muitos contos de réis à do futuro genro. Casar a filha por "carta de ametade" ou por comunhão de bens não lhe parecia uma escolha sensata. Caso Elisa viesse a falecer antes do marido, este teria direito aos bens deixados pelos pais da esposa.

Além do mais, tenho que resguardar os direitos de minha filha Rosa Amélia na partilha dos bens. Maria, a filha mais velha que, enquanto freira, já havia desposado Jesus, não haveria de se interessar por bens terrenos – pensava Guilhermina. A próxima providência seria promover o encontro de Elisa com Galdino, quem sabe em uma das missas mensais que a família mandava celebrar em intenção da alma de Francisco Joaquim? Não pensou duas vezes para pegar a pena e escrever uma breve missiva dirigida ao futuro genro:

Ilmo. Senhor

Doutor Galdino Vieira de Freitas

Saudações

Queira aceitar o meu convite para saborear, no próximo domingo, uma bacalhoada bem portuguesa que soube tratar-se de sua iguaria predileta. O almoço será servido após a missa em intenção da alma de meu saudoso esposo no sobrado da família Almeida Gama. Na ocasião, teremos a oportunidade de nos deleitar com um modesto recital de piano e bandolim, improvisado por minhas filhas Rosa Amélia e Elisa.

Com todo o apreço,

Guilhermina Rosa Delfim Gama

Além da dona da casa e das filhas, pelo menos uma dezena de parentes próximos encontrava-se à mesa de almoço. Com isto, Guilhermina pretendia deixar menos óbvia a razão da inesperada presença do senhor Galdino. Estrategicamente, no entanto, reservou à Elisa o assento em frente ao dele. A presença dos parentes foi de grande utilidade: contribuiu para que não faltassem assuntos, evitando possíveis silêncios constrangedores.

Confirmando sua fama de homem preparado e cavalheiresco, Galdino mostrou-se plenamente à vontade, participando das conversas e dando suas humoradas opiniões.

Elisa, igualmente, mostrava-se descontraída, a ponto de dirigir-lhe eventuais olhares e sorrir. Todos se serviram à vontade das bem preparadas iguarias, saboreando os melhores vinhos e sobremesas portugueses.

– Bem, senhoras e senhores, queiram me acompanhar até a sala ao lado, onde minhas filhas, Rosa Amélia e Elisa, nos brindarão com uma curtíssima apresentação musical – disse Guilhermina. – Advirto-os de que, devido ao luto na família, minhas filhas deixaram de lado seus instrumentos por um bom tempo, só os retomando agora para ensaiar umas poucas peças. Espero que seja do agrado de todos – completou.

Ao se encaminharem para a sala de música, Galdino aproximou-se de Elisa, sorriu e deu-lhe uma pisadela no pé direito. Evitou o beliscão de praxe nas manifestações de interesse pela dama, por achar o gesto pouco elegante. Vida nova para ambos. Estava selado o compromisso. Desta feita, ao bandolim, e Rosa Amélia ao piano, Elisa, emocionada, temia não ser capaz de dedilhar seu instrumento.

O sol se punha quando os convidados começaram a deixar o sobrado. Galdino esperou para sair junto dos últimos convidados. Ao despedir-se da anfitriã, disse ter sido um prazer e uma honra participar de momentos tão agradáveis junto a esta ilustre família, acrescentando que, caso lhe fosse permitido, gostaria de, oportunamente, as visitar no casarão da fazenda.

– Por que não no próximo domingo? – indagou Guilhermina. – Será um prazer recebê-lo e ter a oportunidade de conversarmos mais calmamente. Aliás, desculpe-me por não lhe haver dado a devida atenção em meio a tantos comensais. Tenha uma boa-noite, senhor.

Galdino, janeiro 1886

Não tendo sido convidado para o almoço, Galdino só adentrou o casarão no meio da tarde do domingo seguinte. Lá estavam as três damas, Henrique e a esposa saboreando um licor que Elisa se apressou em lhe servir.

– É licor de pitanga, feito aqui mesmo na fazenda, tenho certeza que o senhor haverá de apreciá-lo – disse a moça.

– Pelo perfume que exala deve ser muito saboroso, respondeu Galdino que, desta feita, arriscou um leve beliscão na delicada mão que o servia.

À falta do pai, Elisa foi se acomodar ao lado do tio, que sussurrou ao seu ouvido:

– Está feliz, minha sobrinha? Abrindo um sorriso envergonhado, Elisa limitou-se a balançar a cabeça afirmativamente.

– Senhora Guilhermina – disse Galdino –, suponho que esteja sendo um fardo muito pesado para uma dama encarregar-se sozinha dos negócios do falecido esposo.

Suspeitando que o interlocutor já estivesse se insinuando como possível parceiro na condução de seus negócios, Guilhermina foi enfática ao dizer que, pelo contrário, a labuta estava sendo muito prazerosa.

– O finado era muitíssimo organizado e, talvez, pressentindo que seu fim estava próximo, não nos deixou dívidas, nem dúvidas sobre como tocar os negócios – concluiu.

Na verdade, Galdino quis apenas puxar assunto, ser gentil, mas, pela contundência da resposta, percebeu que havia sido imprudente e encerrou o assunto.

– Elisa, leve o senhor Galdino para tomar a fresca no alpendre, Eva irá acompanhá-los – disse Guilhermina.

Ambos permaneceram de pé, mãos apoiadas no baldrame do alpendre, apreciando a vista em busca de um pretexto para iniciar uma conversa. Elisa foi mais rápida indagando-o se acaso ele se lembrava da resenha publicada em seu jornal, *O Leopoldinense*, sobre a obra de Alexandre Dumas, filho, em defesa do direito das mulheres ao voto, prestes a ser adotado na Europa.

– O senhor tem alguma opinião a este respeito?

– Bem, eu como admirador dos ideais republicanos, acredito que o direito ao voto deve ser estendido a todos, inclusive às mulheres – respondeu Galdino.

– Então, temos um ponto de vista em comum e, quiçá, estaremos de acordo sobre muitas outras questões – disse Elisa.

– Por outro lado, acredito que ainda não atingimos o mesmo grau de civilização dos europeus e que esta possibilidade não passa de um sonho, mesmo na Europa – respondeu. – Além do mais, discordo totalmente dos argumentos de Dumas sobre as razões que justificariam o assassinato de um homem pela própria esposa ou, ao contrário, que a levassem a pôr fim à própria vida. A literatura francesa moderna parece-me assaz condescendente com os novos e, muitas vezes, reprováveis costumes. Mas, afinal, não sei por que estamos tratando de um assunto tão espinhoso quando deveríamos estar falando de nosso futuro – disse Galdino, deslizando a mão no baldrame até tocar a de Elisa, acariciando-a.

Eva sorriu dizendo a si mesma que agora não tinha volta, os dois se tornariam marido e mulher. Temeu, no entanto, pela reação de dona Guilhermina caso ela os visse se beijando, ainda que suave e furtivamente. De volta ao salão, Galdino aproximou-se da futura sogra e disse ter sérias intenções em relação à sua filha.

– Pretendo voltar ao casarão ou ao sobrado para formalizar o compromisso, caso isto seja do agrado da família – completou.

Galdino, fevereiro 1886

Desde sua chegada à cidade, Galdino vivia só, com os serviçais, num belo e confortável sobrado que mandara erigir. Naquela semana recebia os pais, vindos a seu chamado de cidade vizinha para lhes comunicar a novidade. Desta feita foi Galdino quem, após consultar Nominato José e Rita Carolina, sobre sua intenção de desposar Elisa Delfim Gama, sugeriu que eles convidassem dona Guilhermina e as filhas para um chá ao fim de uma dessas tardes. Feitas as ressalvas ao passado pouco amistoso das duas famílias, o casal considerou que Galdino era um homem maduro e que era mesmo chegada a hora de se casar e dar-lhes netos. O casal deu sua benção ao filho e concordou em convidar a família da moça para um encontro de confraternização. Considerando-se que a mãe de Elisa era viúva, o convite deveria partir de dona Rita Carolina que, de pronto, pegou a pena e escreveu:

Respeitosa Senhora

Dona Guilhermina Rosa

Saudações

Recebendo, com alegria, a notícia de que nosso Galdino pretende desposar sua filha Elisa, eu e Nominato José, meu marido, gostaríamos de a convidar, e a suas filhas, para um chá em nosso sobrado na tarde do próximo domingo, quando a senhora certamente estará na cidade para assistir à missa por intenção da alma do senhor seu marido.

Com todo o apreço,
Rita Carolina Vieira de Freitas

Ao contrário do que temiam, o encontro das duas famílias foi amistoso e sem cerimônias. Conversaram sobre tudo. Das saudades do velho Francisco Joaquim ao progresso da cidade. Do comércio de café ao relaxamento dos costumes – nem sempre bem visto por gente acostumada a mandar e a fazer valer suas opiniões. Coube ao pai do noivo sugerir um novo encontro entre as famílias para formalizar o compromisso entre os filhos e acertar as condições do enlace. O encontro ficou marcado para a semana seguinte, no sobrado dos Almeida Gama. No entanto, o que fora previsto, como mais um ato de confraternização das famílias, transformou-se em uma reunião de trabalho entre o pai do noivo e Guilhermina, no gabinete em que Francisco costumava ler e tratar de negócios.

Tal qual fazia o marido, Guilhermina sentou-se à escrivaninha e convidou o interlocutor a ocupar a cadeira à sua frente.

– Senhor Nominato, saiba que para mim é um prazer ver nossas famílias unidas pelos laços do matrimônio. Confesso-lhe que, apesar do senhor Galdino estar à frente de um jornal que defende abertamente ideias pouco condizentes com os interesses de nossa região, admiro o cavalheirismo e a inteligência singular de vosso filho. Acontece que os resquícios daquela secular desconfiança entre nossas famílias levaram-me a evitar que ele se aproximasse de Elisa. Acredito, no entanto, que o amor venceu o rancor. Estou certa de que o casal será muito feliz e que nos dará varões capazes de honrar o legado de nossas famílias – completou a mulher.

– Pois muito bem, senhora Guilhermina, temos sentimentos mútuos em relação a nossos filhos. Elisa teve uma educação esmerada e não se surpreenda se sua inteligência e sabedoria se equipararem às de meu filho. Além disso, Elisa é uma moça bonita, dotada de grande simpatia e, com toda a certeza, será uma excelente esposa para o meu Galdino – respondeu.

– Senhor Nominato, o falecimento de meu esposo, que Deus o tenha, deixou-me assoberbada com um sem-número de afazeres: o controle da labuta em nossas lavouras, a venda e o embarque do café para a Corte e o exame da papelada sobre nossos bens e propriedades. No momento, aguardo relatos de guarda-livros e advogados que examinam o inventário de Francisco Joaquim, impostos a serem quitados e quantas outras providências forem necessárias. Tendo em vista tais incertezas e considerando que tenho mais duas filhas que, de forma alguma, gostaria de prejudicar na partilha dos bens, acredito justo, para ambas as famílias, um contrato dotalício em que Elisa entrará com os bens descritos neste documento que acabo de rascunhar. Há pouco tempo, o senhor Galdino mostrou interesse em nos adquirir alguns alqueires de terras não cultivadas que fazem divisa com as dele. Infelizmente, o senhor meu marido não se dispôs a vendê-las, aguardando o momento certo para expandir sua lavoura ou, em último caso, para deixá-las como uma amostra de mata natural para as gerações futuras. O dote que proponho inclui metade daquelas terras, um terço de valiosas joias da família, uma baixela de prata, louças da Companhia das Índias e meia dúzia de escravos com ótima saúde, incluindo Eva e Rita, as duas jovens mucamas que servem à Elisa. Espero que isto corresponda às expectativas do senhor e de seu filho. Como lhe expliquei, encontro-me no momento impossibilitada de avaliar a real situação dos bens da família, o que me impede de aceitar uma união por "carta de ametade". Por favor, apresente esta proposta a seu filho e procure-me quando puder. Suponho que temos algum tempo até a realização do casório – concluiu.

– Fique tranquila, senhora Guilhermina, pois sua proposta me parece bastante razoável e acredito que meu filho estará de acordo com seus termos. Aliás, estas decisões cabem a nós que somos pais e não a nossos filhos, que em nada contribuíram para erguer nossos patrimônios. Passar bem – concluiu Nominato.

Terminado o jantar, pai e filho permaneceram sentados à mesa para avaliar a proposta de Guilhermina.

– E então, senhor Nominato, o que vocês acordaram? – indagou Galdino.

– Ficou acertado que o casamento não será realizado em comunhão de bens, posto que dona Guilhermina diz não ter condições no momento de estimar o monte-mor da família devido a algumas dúvidas sobre a extensão e a situação legal de algumas de suas propriedades. Ela propõe, em contrapartida, um contrato de dote que me pareceu bastante generoso – argumentou Nominato.

– Eu já imaginava que isso iria acontecer. Dona Guilhermina é um osso duro de roer – disse Galdino.

– Não diga nada antes de ler esta proposta – respondeu Nominato, entregando ao filho o rascunho do contrato.

O documento foi lido com todo o cuidado por Galdino que, a cada item, franzia a testa e tecia comentários inaudíveis. Finda a leitura, Galdino observou que o dote era quase um insulto frente à fortuna dos Almeida Gama, mas que aceitaria o acordo em respeito à Elisa e por necessitar daquelas terras para expandir sua lavoura, tirando proveito da tendência de alta do preço do café no mercado internacional.

– Peça à minha querida sogra que marque a data do enlace – completou.

A cerimônia foi realizada em junho daquele mesmo ano, quando Elisa completou 18 anos de idade, muito jovem para uma moça da elite, como pensava Guilhermina. O enlace foi comemorado com um belo bolo recoberto de alfenins. Feliz por haver se unido ao homem que escolheu, Elisa sorria maravilhada para Galdino. Nem de longe suspeitava do seu propósito caprichoso de ir rompendo seus laços com os Almeida Gama. Na verdade, Galdino nunca engoliu a sogra que julgava soberba e dominadora.. Este mal-estar transformou-se mesmo em aversão quando dias antes do matrimônio Guilhermina indagou-lhe se era verdade que ele cultivava antiga paixão por uma das primas de Elisa. Galdino negou com veemência essa história, que disse não passar de uma intriga absurda, de um delírio perverso de quem lhe havia transmitido essa inverdade.

Elisa, 1886-89

Com a ajuda dos serviçais, além de Eva e Rita, já integradas ao patrimônio da nova família, mas tidas por Elisa como boas e dedicadas amigas, a jovem recém-casada deu início a mudanças no ambiente, a seu ver muito austero e sombrio, do sobrado onde Galdino viveu só por alguns anos. Armários, mesas, cadeiras e pesados guarda-louças exigiram esforço e cautela da parte dos vários braços que os carregavam de um lado a outro. Jarros de flores, aparadores, candelabros, pratos da Companhia das Índias, salvas de prata, marquesas, cadeiras de palhinha, tapetes, cortinas de tafetá e toalhas de crochê sobre as mesas deram vida e luz aos ambientes. Aos poucos tudo estaria no lugar – pensava Elisa.

Ao adentrar o sobrado para o jantar, Galdino surpreendeu-se com o milagre da transformação da água em vinho que acabara de presenciar. Abraçou longamente a mulher dizendo-se feliz com sua presença, com seu gosto refinado e com a sorte de tê-la escolhido para mãe de seus filhos.

O primeiro ano de casada, no entanto, não foi muito fácil para Elisa Gama de Freitas. Apesar dos afagos do marido, logo viu-se atormentada pela sogra e pelas incontáveis tias, primas e gente próxima à família. Queriam porque queriam saber quando Elisa ficaria de barriga. Não demorou muito para que o marido também começasse a insinuar que havia desposado uma mulher seca, incapaz de dar-lhe um herdeiro. Sabe-se lá por quê, Elisa só engravidou mais de um ano após o casamento. Só então pôde respirar aliviada da curiosidade alheia sobre sua barriga. Passou a ser gente, a cumprir a missão feminina de povoar o mundo.

Em abril de 1888 nasce o rebento que, para desgosto do pai, era uma menina, e não o varão que ele tanto almejava. Galdino mal entrou nos aposentos do casal onde a parteira Anunciata, dona Rita Carolina e as mucamas esbaforidas desdobravam-se nos cuidados com a recém-nascida. Deu uma ligeira espiada em Elisa e saiu cabisbaixo meneando a cabeça. Pálida e encharcada de suor, Elisa se perguntou se a presença da mãe não teria amenizado seu sofrimento. Mas Guilhermina sabia que não era bem-vinda àquela casa, mesmo num momento tão especial em que a filha daria a ela o primeiro neto. A presença da irmã, Rosa Amélia, não hostilizada por Galdino, teria sido um alento – pensou Elisa. Como sempre, foi carinhosamente consolada por Eva e Rita, suas fiéis escudeiras.

O resguardo de quarenta dias foi cumprido à risca. Sem leite suficiente para amamentar a criança, a tarefa ficou por conta de uma forra da família Vieira de Freitas. Com tempo de sobra, Elisa pediu às mucamas que retirassem das arcas os livros que havia selecionado na estante do pai e aproveitou para ler uma meia dúzia de bons romances. Sentia-se feliz de ler para as mucamas as passagens mais engraçadas e, às vezes, picantes dos romances quando, por instantes, davam risadas como nos velhos tempos. Notícias da mãe vinham com pouca frequência, pela irmã, pelas primas Adelaide e Angélica ou pelas mucamas que, vez por outra, iam até o sobrado dos Almeida Gama a pedido de Guilhermina. Soube que a mãe lamentava não poder vê-la e embalar nos braços a netinha. Soube também que Guilhermina andava atarefada com os negócios da família, incluindo as tratativas com os administradores incumbidos de orientar os imigrantes italianos na lida com as lavouras e o sem-número de ofícios nas fazendas. Rosa Amélia chegou mesmo a comentar com a irmã que a mãe enxergava longe e teve presságios que a levaram a alforriar e vender seus escravos antes da Lei Áurea, o que evitou que a família fosse à bancarrota.

Elisa não foi tocada pelo marido durante o resguardo. Galdino limitava-se a sentar-se à mesa para as refeições quando, então, se inteirava de sua saúde e da saúde da menina à qual passou a dedicar alguma atenção levando-a ao colo de quando em vez. Nesses momentos comentava não saber por que aquele pedacinho de gente, olhos miúdos e atentos, parecia recriminá-lo.

– Talvez por ainda não ter sido batizada, por ter de aguardar a vinda dos padrinhos de Valença – observou Elisa.

Galdino ouviu calado aquilo que lhe pareceu uma ofensa aos futuros compadres e uma insinuação de que a sogra e outro Almeida Gama, ali tão próximos, pudessem substituí-los.

Gente endinheirada e bem situada nos círculos de poder podia se dar ao luxo de escolher os padrinhos de seus filhos entre os próprios familiares. Este era o caso dos Almeida Gama, mas não o dos Vieira de Freitas, cujos negócios ainda exigiam esforços de maior aproximação com os círculos de poder, dando-lhes a honra de apadrinhar seus rebentos. De meados do século XVIII a meados do XIX, Manuel da Costa Villas Boas e Gama, Francisco de Paula Villas Boas e Gama, Caetano José e Joaquim José de Almeida, os já poderosos e prestigiados antepassados de Elisa, haviam apadrinhado mais de uma centena de crianças, estreitando laços de amizade via compadrio e fortalecendo seu poder político. Na verdade, Guilhermina pretendia que sua irmã Mariana e o marido Luiz Duque-Estrada ou, quem sabe, Joaquim Osorio, seu jovem sobrinho, pudessem batizar a menina, mas não ousou mencionar este desejo ao genro.

Galdino depositou a criança nos braços de Eva, retirou o chapéu da chapeleira ao lado da porta principal e saiu sem dizer palavra. Passaria parte da tarde no escritório de advocacia e parte na redação do semanário preparando as matérias do próximo número do jornal. Cansado, e no intuito de castigar a mulher, recostou-se no velho sofá da redação, onde dormiu até que os raios de sol penetrassem as frestas da janela. Tomou o café da manhã com Elisa que, também para castigá-lo, sentou-se à mesa, disse-lhe um alegre bom dia e agiu como se nada houvesse acontecido.

Liberada pelas serviçais dos cuidados com a criança, Elisa dedicava boa parte do tempo à leitura, inclusive dos vários jornais locais, onde se inteirava das novidades e dos acontecimentos recentes na cidade e na região. Há algum tempo afastada do piano, resolveu exercitar-se nos teclados com partituras mais simples. Assustou-se com a própria falta de desenvoltura na execução de peças que antes podia tocar de cor. Passou a dedicar várias horas do dia ao instrumento até executar com perfeição as peças mais difíceis e prazerosas de Chopin, seu predileto. Por vezes, chegava a fantasiar sobre audições na Corte, mas logo afastava a ideia, ciente de que o marido e o cuidado com os filhos que estariam por vir a impediriam.

A energia que passou a imprimir na execução de algumas peças vinha do fundo d'alma, de uma solidão e de uma tristeza inexplicáveis. Sentia saudades de um futuro que pressentia não existir para ela. Um futuro com apenas os três filhos que, sem consultar o esposo, haveria de ter. Não mais que isto, pois, seguindo os passos da mãe, não desejava se tornar uma parideira sem tempo para si mesma.

Aos poucos convenceu Galdino a aceitar que Guilhermina a visitasse em sua ausência. Antes, no entanto, havia encontrado a mãe às escondidas, nos poucos domingos em que esta vinha então à missa na cidade, ocupada que estava, inclusive com viagens ao Rio de Janeiro, onde ia se aconselhar com o pai sobre investimentos em novos negócios.

Não demorou muito para que Elisa engravidasse pela segunda vez. Desta feita, implorava aos céus que lhe dessem um varão para apaziguar o marido e trazer a harmonia de volta ao lar. Certo de que, agora, a mulher lhe daria um herdeiro a ser regiamente educado na Europa, preparado para substituí-lo e, quem sabe, superá-lo em estima social e sucesso nos negócios, Galdino passou a cobrir de mimos a esposa. Era raro o dia em que não lhe trazia um pequeno regalo, um ramalhete, uma guloseima ou coisa parecida. Eva e Rita se entreolhavam preocupadas, certas de que aquela barriga arredondada e pouco saliente de Elisa não haveria de abrigar um varão, e sim outra pequena e infeliz criatura desprovida daqueles penduricalhos que Deus põe nos "menino-home". Seguindo os ensinamentos das velhas escravas, de que a barriga pontuda é sinal de que a mulher está prenha de um menino, as mucamas passaram a massagear levemente o ventre de Elisa para o tornar mais saliente. Quem sabe, com isto, aflorassem penduricalhos naquele ser em gestação? – pensavam.

Joanna, 2015

Havia quase dois anos, Joanna vinha se esforçando na internet para desvendar, com dificuldades, a teia familiar de Valentina. É bem verdade que, além de pouco familiarizada com este instrumento, ela costumava passar semanas ou meses sem se animar a prosseguir na tarefa. A idade avançada e as enfermidades que a acompanham deixavam-na pouco disposta para o trabalho. As constantes idas a médicos e hospitais e o sem-número de exames, alguns dolorosos, roubavam-lhe boa parte do dia e do entusiasmo com o que quer que fosse.

De volta a casa, sentava prostrada frente à televisão, nem tanto para acompanhar as novelas, cujos desdobramentos eram-lhe óbvios, mas para inteirar-se das notícias que, nos últimos tempos, deixavam-na ainda mais prostrada e indignada.

– Só pode ser castigo o que estamos vendo – dizia a si mesma ou a quem estivesse ao lado.

E este castigo a remetia à lembrança do irmão, morto em 1964, cuja longa doença trazia até sua casa muitos jovens estudantes de esquerda, que ela passou a admirar pelo carinho que dedicavam ao enfermo. Entre esses jovens, encontrava-se Betinho, por quem Joanna tinha especial admiração, a ponto de empregá-lo sorrateiramente na indústria do pai – um udenista convicto – garantindo-lhe a possibilidade de atuar legalmente junto a sindicatos operários. O posterior envolvimento de alguns daqueles jovens com a bandalheira política que corroía a nação lhe fazia lembrar a avó Valentina, que os via como pirralhos idealistas cujas convicções, a exemplo do que ocorreu com alguns de seus antepassados, não levariam à coisa alguma.

– Para mim isso é um *déjà vu* – dizia a velha.

Inconformada com a vida nacional, que não imaginava poder deteriorar-se em breve e, talvez, com a própria vida, Joanna voltava *à la recherche du temps perdu*, como resolveu chamar sua volta ao passado nos arquivos paroquiais. Apesar dos avanços feitos até então, Joanna se desdobrava para identificar seus tetravós, pais de Francisco Joaquim de Almeida Gama e Guilhermina Rosa Delfim Gama. Os pais de Francisco certamente haviam desaparecido dos malconservados registros paroquiais de São João Del Rey, o mesmo acontecendo com os de Guilhermina, oriundos da Corte e de Valença, na Província do Rio de Janeiro, cujos registros paroquiais mostravam-se ainda mais falhos e desbotados. De qualquer forma, Joanna havia avançado bastante na descoberta de antepassados.

Vindos de Portugal como funcionários da Coroa, se estabeleceram de início em Ouro Preto, onde se dedicaram também à mineração. A partir da segunda ou terceira geração, parte da família transfere-se para São João Del Rey, lugar em que criou raízes. Boa parte das gerações posteriores fixou-se em Leopoldina, terra natal de Valentina, dedicando-se ao cultivo do café que, durante o Segundo Reinado e boa parte da República Velha, fazia jorrar dinheiro como principal produto de exportação do país. Ao que se sabe, o primeiro membro da família Almeida Gama a se instalar em Leopoldina foi Joaquim Antônio, atraído para o então arraial do Feijão Cru pelos primos Romão e Francisco Pinheiro Correa de Lacerda, sobrinhos de sua mãe, Inocência Claudina da Costa, que ali se instalaram por volta de 1830 para ocupar e vender as sesmarias doadas a seus pais.

As informações que então havia obtido deixaram Joanna intrigada com alguns detalhes. O que foi feito da família Almeida Gama? Teria o fato da maior parte de seus descendentes serem do sexo feminino contribuído para que este sobrenome se dissolvesse com os casamentos e o celibato? Que sorte teria tido seu respeitável patrimônio? Uma coisa era certa: com a ascensão e queda do café na região, suas sesmarias transformaram-se primeiro em latifúndios e, mais tarde, em pequenas glebas distribuídas entre uma infinidade de herdeiros. Mas era pouco provável que a família, umbilicalmente ligada à monarquia, houvesse perdido por completo seu poder político com o advento da República, pois há indícios de que parte dos seus integrantes tenha virado a casaca, tal a dependência das elites brasileiras em relação ao Estado. No mínimo, instalaram-se em altos cargos da República e continuam por aí usufruindo as benesses do Executivo, do Legislativo e do Judiciário, a esta altura compartilhadas pelas verdadeiras quadrilhas que aos poucos foram se infiltrando nas instituições públicas nacionais.

Galdino, 1889

Galdino, conhecido na cidade pela cordialidade no trato com clientes e amigos, ultimamente andava carrancudo, mal cumprimentando as pessoas e evitando locais públicos. Acabara de ser pai, pela segunda vez, de uma menina, que a todos pareceu tristonha, ao contrário da irmã mais velha, de olhar decidido e insubmisso como os da avó Guilhermina. A decepção com o nascimento de mais uma menina levou-o, sob protestos de Elisa, a dar-lhe o nome de Maria, sem complementos pomposos, como Joaquina, Carlota ou, muito menos, Guilhermina, em homenagem à avó, como era costume nas famílias da elite. A euforia com que esperava a vinda do herdeiro, um quase príncipe, deu lugar ao mau humor e a uma mal disfarçada repulsa à figura da esposa. É como se a falta de um filho varão lhe retirasse o prestígio, a possibilidade de perpetuar o nome da família, a respeitabilidade, ou mesmo a possibilidade de ampliar sua fortuna e seu poder. Tudo que, em sua ambição, julgava não haver alcançado na medida certa. Mais do que nunca, passava os dias enfurnado no escritório de advocacia alternando noites entre o sofá da redação do jornal e o leito conjugal. Pouco atento às oscilações no mercado de café, deixou as fazendas aos cuidados de administradores relapsos e, talvez, pouco honestos, que terminaram por causar-lhe prejuízos.

Na verdade, nem a advocacia nem a agricultura o atraíam tanto quanto o jornalismo. A primeira garantia-lhe, além de uma boa renda, prestígio e poder num mundo cartorial e bacharelesco, enquanto as fazendas de café enchiam-lhe as burras. Mas, com pretensões literárias, fazia versos jamais publicados e se deleitava com a edição de jornais. Tanto é que manteve durante alguns anos um jornal em Rio Pomba, sua cidade natal e, ao deixá-la, associou-se a Jorge Rodrigues Coura para criar o semanário *A Leopoldina*. Anos mais tarde, criou a Sociedade Anonyma Arcádia Leopoldinense, que teve como sócia sua filha mais velha, Valentina, então com quatro ou cinco anos de idade. Tal sociedade tinha o objetivo de criar e manter uma instituição educacional na cidade, então conhecida como a Atenas da Zona Da Mata, pela quantidade e qualidade de seus educandários.

Figura enigmática esse Galdino, cuja ambição parecia roubar-lhe o romantismo e o pendor literário e cujo romantismo levava-o a negligenciar os negócios, chegando a lugar algum. Perto dos quarenta anos de idade, ainda preocupava Nominato e Rita Carolina, seus pais, que o achavam perdulário, pouco dedicado à família e oscilante nos rumos que dava à própria vida. Seus irmãos orgulhavam-se de sua inteligência e de seus vastos conhecimentos, mas concordavam com a opinião dos pais sobre a forma como conduzia sua vida financeira e familiar. Plantadores de café, como ele, mantinham pouco contato com o irmão mais velho, espalhados que estavam por Rio Pomba, São João Nepomuceno, Mar de Espanha e outros municípios da região.

A longa espera pelos padrinhos da primeira filha e mesmo algum descaso do pai por certas formalidades sociais e religiosas fizeram com que as duas meninas, a primeira com mais de dois anos e a segunda com um, fossem batizadas num mesmo dia, o 24 de junho de 1890, quando Elisa já estava na terceira gravidez. Galdino mal conseguia disfarçar a frustração de haver perdido a oportunidade de estreitar os laços com a nobreza da região de Valença, já que, por alguma razão, os padrinhos escolhidos não puderam cumprir o compromisso de batizar sua primeira filha. Esta foi apadrinhada pela mãe de Galdino e pelo bacharel João Luiz Guilherme Gaeds, amigo da família. A segunda teve por padrinho o próprio avô paterno e a freira Maria das Dores, irmã mais velha de Elisa. A avó Guilhermina foi sumariamente descartada da honraria.

Guilhermina, 1890

Dias após o batizado das crianças, Guilhermina decidiu visitar Elisa e presentear as netas com camisolinhas rendadas, touquinhas e mantas de tricô, cordões e pulseirinhas de ouro adquiridos em lojas finas da Rua do Ouvidor. Foi acompanhada da filha Rosa Amélia, recém-casada com Constâncio Thomas de Oliveira, natural de São Francisco Xavier, Rio de Janeiro, onde a família possuía fazendas de café.

Antes de se assentarem à mesa para o lanche da tarde, Guilhermina certificou-se de que o brutamonte, como ela passou a referir-se ao genro, não estava em casa.

– Folgo-me em saber que não terei o desprazer de vê-lo por perto – disse às filhas. – Elisa, não me faz bem vê-la tão pálida e tristonha. Diga-me o que anda acontecendo nesta casa. Sei que você tem lá suas esquisitices, mas afinal você desposou, um pouco contra a minha vontade, o homem que você mesma escolheu, o homem que você dizia amar e coisa e tal – completou.

Com lágrimas nos olhos, Elisa virou-se para Rita e Eva, postadas a distância, cada qual com uma das meninas nos braços, como se lhes pedisse socorro ou sua opinião sobre o que dizer. Ambas assentiram com a cabeça e afastaram-se em direção ao pomar.

– Minha mãe, estou novamente de barriga – sussurrou.

– Mas que boa nova, eu mal posso esperar para que isso me aconteça – disse Rosa Amélia, então recém-casada.

– Mas isto é segredo. Afora vocês e as minhas forras, ninguém pode saber disso, muito menos o senhor Galdino. Vou enfaixar e comprimir o ventre até não mais poder. Aí, sim, darei a ele a notícia – disse Elisa. – A razão é que eu não suporto mais o descaso com que ele me trata quando, ao invés de um varão, me nasce uma menina – completou.

– Lamento não ter mais forças para enfrentar esse brutamonte do jeito que ele merece – disse Guilhermina, fazendo um longo silêncio e dizendo a si mesma que esta história estava muito mal contada. Teria isto a ver com a suposta paixão do genro por uma de suas sobrinhas? – pensava. Qual delas, no entanto, Guilhermina nunca soube.

Rosa Amélia condoía-se com o sofrimento da irmã, mas seu temperamento sereno e avesso a conflitos levou-a a mudar de assunto. Caminhou até um canto da sala e pegou uma caixa de couro. Olhou para Elisa e disse:

– Surpresa! Eis o bandolim "abandolinado". É todo seu, querida irmã, pois sei que não tenho mesmo jeito para a coisa – concluiu Rosa Amélia.

– Elisa, minha filha, ponha as mãos para os céus por ter um esposo que se zanga apenas por não lhe dar um varão. Meu pai, Eleutério, apesar de sua compaixão pelos escravos, era um tirano dentro de casa. Há anos, quando ele era fiscal da Vila de Valença, revoltou-se com os brutais castigos impostos aos escravos e exigiu da Câmara severas punições aos responsáveis por tais maus tratos. Foi contra os interesses de seus amigos, a "elite do café", dona do poder na Província do Rio de Janeiro e, com isso, angariou muitos desafetos. Era um homem justo, mas infelizmente na família era o todo poderoso. Ai de minha mãe se ousasse o contestar ou manifestar vontade própria. Ele mantinha a rédea curta com ela e com os filhos, por isso posso lhe dizer que o mundo vem mudando para melhor e que, apesar de tudo, o senhor seu marido cumpre com suas obrigações de pai de família e merece seu respeito – disse Guilhermina.

Na verdade, quis apenas consolar a filha, pois sabia que nesta situação não havia saída honrosa para uma mulher casada a não ser a submissão.

– Posso dizer que fui uma mulher de sorte. Desposei um primo que não escolhi, mas pelo qual me encantei por seu cavalheirismo e amabilidade. Às vezes até me pergunto se não fui injusta com ele quando ocasionalmente o levava a satisfazer meus caprichos. A verdade é que Francisco Joaquim era um homem à frente de seu tempo. E vocês, suas filhas, sabem muito bem disso.

Valentina, 1919

Suas economias andavam minguando. Para complementar os trocados que o pai e o sogro enviavam-lhe de tempos em tempos, Valentina foi se desfazendo de algumas joias que lhe foram presenteadas em datas especiais pelo pai e, mais tarde, pelo esposo. As remessas que o sogro enviava-lhe subitamente desapareceram. Ex-oficial da Marinha lusitana, João Cândido Ferreira da Cunha, homônimo do filho, havia sido assassinado em um hotel do Rio de Janeiro, supostamente por agentes secretos da polícia portuguesa. Suas habilidades na costura e no crochê garantiram-lhe, no entanto, uma freguesia fiel e generosa na remuneração de seus impecáveis trabalhos manuais. Seus dois filhos, então com nove e oito anos, estudavam numa boa escola pública e eram rigorosamente supervisionados em seus deveres de casa pela mãe, cuja única ambição era vê-los estudando no Granbery, a prestigiosa instituição metodista de ensino juiz-forense.

Foi por essa época que Valentina recebeu a estranha visita de uma senhora, aparentando seus oitenta e poucos anos, elegantemente apoiada por uma bengala. Pensou tratar-se de uma nova cliente em busca de seus serviços.

– Posso entrar? – indagou a mulher.

– É um prazer, por favor, não quer se assentar? – disse Valentina.

– Sim, mas antes quero lhe abraçar. Como você se parece com sua mãe. Não me reconhece? – completou.

Valentina mirou-a assustada.

– Sou sua avó, aquela que você mal chegou a conhecer – disse.

– Bem, se a senhora não é minha avó Rita Carolina, que Deus a tenha, só pode ser a vó...

– Isto mesmo – interrompeu a mulher –, sua avó Guilhermina Rosa. Venha me dar um abraço, minha neta – completou.

Ao abraçá-la, Valentina indagou sobre o motivo de sua inesperada visita.

– Antes, gostaria que você soubesse que se não a procurei durante todos esses anos é porque o senhor seu pai se afastou deliberadamente de mim e de minha família. Ele só aceitava a amizade entre sua mãe e a irmã, sua tia Rosa Amélia, uma pessoa bondosa e preocupada com a saúde e com o bem-estar de Elisa. Depois que você e sua irmã Maria deixaram Leopoldina, as coisas se complicaram ainda mais. Eu não tinha como visitar duas crianças, em outra cidade, sem o beneplácito do pai. Eu mal tinha notícias de minhas netas. Soube que vocês foram viver com uma irmã de seu pai, que contraíram matrimônio, que você ficou viúva com dois filhos para criar e que, finalmente, veio morar aqui. Soube também que, com as passagens de seu esposo e seu pai , você estaria lutando com dificuldades para se manter e manter seus filhos. E isso me dói muito, pode ter certeza – completou Guilhermina.

– Bem, se é esta a razão que a trouxe até minha casa, pode ficar tranquila, dona Guilhermina, quer dizer, vó Guilhermina. Tenho minhas economias e disposição para trabalhar e sustentar meus filhos. Não vejo motivo para sua compaixão – disse Valentina.

– Não estou falando de compaixão, e sim de justiça. Creio que o senhor Galdino de Freitas, um homem de posses, não teve a prudência e a responsabilidade para deixar as filhas em situação mais confortável. Vocês tiveram uma mãe rica que, ao casar-se, levou consigo um patrimônio razoável, senão em moedas, pelo menos em bens pessoais como pratarias e joias valiosas, que hoje, naturalmente, deveriam estar nas mãos de suas filhas. Estou aqui para remediar esta situação e fazer justiça. Trouxe-lhe, além de alguns contos de reis, umas apólices do Banco de Crédito Real de Minas Gerais e joias pessoais que você pode negociar a bom preço quando necessário – disse Guilhermina.

– Tudo o que a senhora me diz pertence ao passado, a um passado que eu desconheço, já que pouco me foi revelado por meu pai. Por isso não vejo razão para que a senhora se compadeça da minha pessoa e queira fazer uma desnecessária justiça. Agradeço sua visita e sua gentileza, minha avó, mas não tenho como aceitar sua ajuda. Aprendi desde muito cedo que o esforço próprio vale mais que qualquer herança. Esta nos leva à frouxidão, ao descaso pela luta de nossos antepassados. Além do mais, os bens que se herdam logo viram pó. Fico grata pela sua visita e pela sua boa vontade. Digo isto de coração, minha avó, e desejo-lhe uma longa vida de paz e felicidade. Vá com Deus – completou.

Alguns meses após aquela visita surpresa, Valentina receberia a notícia da morte de Guilhermina Rosa Delfim Gama, em seu sobrado de Botafogo, no Rio de Janeiro.

Elisa, 1890

Auxiliada, como de costume, por Eva e Rita, Elisa banhava-se no meio da tarde quando fazia uma pausa no piano. A esta altura, estava no sétimo mês de gravidez e mal conseguia disfarçar a barriga, exceto de quem lhe prestasse pouca atenção, como o próprio esposo. Eva com toalhas à mão e Rita, com as ataduras que serviam para comprimir o ventre da patroa, entreolharam-se e concluíram que o que estava por vir, desta feita, era um varão. Eufóricas e confiantes, tentaram convencer Elisa a dispensar as faixas.

– Sinhazinha vai parir um menino home – disse Rita.

– Essa barriga pontuda não engana, é barriga de menino, pode confiar – concluiu Eva.

– Ora, que tolice a sua, pura crendice. De que valeram as massagens que vocês me fizeram antes do nascimento de Maria? – respondeu Elisa.

– Não é crendice, sinhazinha, a natureza não engana e, além do mais, essa criatura vai acabar sufocada com tanto arroxo. Não há mais como esconder a verdade de vosso esposo. Ele não há de ficar feliz quando souber que foi enganado – concluiu Rita.

– Pois muito bem, prometo-lhes que esta será a última vez que uso estas faixas – disse Elisa.

Não demorou muito para que batessem à sua porta. Era a jovem Mariana, sua prima, exímia pianista, moradora na vizinha Praça Gama Cerqueira. Elisa se ressentia da ausência de um professor que pudesse mais bem direcioná-la em seus exercícios musicais e pediu ajuda à prima, que, embora bem mais jovem, havia conquistado renome como pianista. Na verdade trocavam informações reforçando suas habilidades, estreitando os laços de amizade e amenizando a solidão da dona da casa.

Com a prima ao piano, Elisa decidiu retomar o bandolim, sempre esquecido em algum canto da casa. Ensaiaram juntas algumas peças e acabaram se deliciando com a execução da Sonatina em Dó Maior de Beethoven. De alma sensível, Mariana percebeu que algo estranho, talvez uma profunda melancolia, andava acometendo a prima e, sem nada mencionar a respeito, tratou de estar ao seu lado sempre que possível. Passou a visitá-la ao menos duas vezes na semana no intuito de fazê-la menos infeliz. Numa dessas visitas, assustou-se ao ver Elisa, tão franzina, com o ventre avantajado de um dia para o outro. Logo, ocorreu-lhe a ideia de que a prima estivesse doente, talvez com barriga d'água, uma doença grave, fatal. Elisa abriu um largo sorriso e tratou de acalmar a prima cujas lágrimas começavam a brotar. Fez um gesto de maestrina e foi direto ao ponto:

– Estou de barriga, prima, entrando no oitavo mês.

– Mas como assim? – indagou Mariana.

– Bem, é uma longa história, sente-se que irei lhe contar.

Galdino, outubro de 1890

Coberto de poeira, Galdino adentra o sobrado de volta da longa viagem de visita ao Rio de Janeiro e a Ouro Preto, onde se reunira com amigos republicanos recém-nomeados para altos postos no governo. Na verdade, foi acordar com um padrinho político sua indicação para a vaga de 1º Tabelião de Notas do termo de Leopoldina.

Aproximou-se pé ante pé de Elisa, que estava ao piano, e abraçou-a pelas costas. Paralisada pelo susto, a mulher permaneceu sentada, enquanto Galdino levava ao colo as filhas que lhe foram trazidas por Eva e Rita. Elisa só se levantou do piano ao criar coragem para expor o ventre inflado.

– Veja senhor, meu esposo, estou de sete para oito meses de barriga – disse.

– Mas como não soube disso antes? – indagou Galdino.

– Eu mesma não tinha certeza de que estava grávida e, como o senhor partia para uma longa viagem, preferi nada lhe dizer. Não queria que o senhor viajasse preocupado. As criadas me garantem que desta feita lhe darei um varão. Peço a Deus que elas estejam certas, já que acreditam que este ventre pontudo é sinal de que aqui se encontra um ser do sexo masculino – disse Elisa.

Distanciando-se da sala, Eva indaga à irmã como poderia o patrão ignorar o ventre da mulher antes de sair de viagem.

– Ora, sua boba, vem me dizer que você não sabe o que os brancos fazem na cama? Garanto que o senhor Galdino nunca viu sua mulher despida. Essa gente faz as coisas no escuro, sob os lençóis ou as cobertas. A mulher levanta a camisola o suficiente para que o homem, de ceroula, sacie seu desejo. Ai da mulher se der um suspiro, por menor que seja. Suspiro é coisa de mulher da vida. Não é à toa que esses coronéis todos atormentam as escravas e as forras. Com elas, eles ficam à vontade para dizer palavradas, vê-las suspirar e fazer obscenidades. Nós tivemos a sorte de nascer nas terras de uma família só de mulheres e de servir a um senhor que se dava ao respeito. Não fosse isso já teriam abusado da gente e nos enchido de filhotes – completou Rita.

Galdino permaneceu calado até que as filhas, distraídas com os mimos que ele lhes trouxera, se distanciassem. Só então dirigiu-se à Elisa para dizer que, desta feita, esperava que Deus lhe agraciasse com a vinda de um varão. Foi se banhar antes de sentar-se à mesa para saborear a boa comida caseira regada a vinhos portugueses e licores de frutas colhidas no pomar da casa.

Sentados, cada qual numa das extremidades da longa mesa de jacarandá, marido e mulher pouco se falaram. Galdino limitou-se a dar notícias dos parentes sem entrar em detalhes de sua viagem ao Rio de Janeiro e a Ouro Preto. Não tardou a bocejar, insinuando cansaço e desejo de ir para cama. Foi o que fez. Elisa permaneceu sentada à mesa brincando com a prataria e indagando-se sobre o que teria levado esse homem ao Rio de Janeiro, até que Eva tocou-lhe o ombro alertando-a do avançado da hora. Sob o pretexto de não atrapalhar o merecido sono do marido, Elisa pediu à moça que lhe preparasse o aposento das visitas onde passaria a noite. Quando acordou, Galdino já havia tomado o café da manhã e saído para cuidar dos afazeres.

Elisa, dezembro de 1890

Galdino festejou por vários dias o nascimento do tão esperado varão que Elisa colocou em seus braços e, para desconforto da parteira Anunciata e das criadas, disse-lhe em voz baixa:

– Missão cumprida, meu senhor.

As mulheres entreolharam-se e, afastando-se para um canto do aposento, sussurraram que as palavras de Elisa não ensejavam bons presságios. Com efeito, Elisa permaneceu acamada enquanto o marido comemorava o nascimento de Thomé Elísio que, vez por outra, era apresentado, no colo de Rita, aos muitos amigos e parentes que acorreram ao sobrado para brindar o nascimento do varão elevando taças de Clicquot.

Elisa limitava-se a trocar algumas palavras com a irmã, as primas e as tias que, em silêncio, adentravam seus aposentos. Sentia-se fraca e, aparentemente, alheia à presença das visitas. E assim permaneceu durante todo o resguardo, lendo e alimentando-se cada vez menos. Galdino passou a vê-la com mais frequência, tomando ao colo o recém-nascido e indagando-a se não estava feliz com a chegada de Thomé, se gostaria de consultar um médico ou propondo-se a ajudá-la de alguma forma.

Elisa limitava-se a dar um leve sorriso e a afirmar que estava bem.

– Vai passar – dizia, observando as filhas que brincavam aos pés da cama.

As criadas desdobravam-se para alimentar a patroa com canja de galinha, sopa de fubá torrado com alho, sucos e algum doce caseiro sempre deixados pela metade. Tal como as irmãs, o menino foi amamentado por uma ama de leite, desta feita escolhida entre mulheres que tiveram a saúde cuidadosamente avaliada por Galdino com a ajuda do boticário. Com isso, o recém-nascido passava boa parte do tempo longe da mãe.

Aos poucos, Elisa foi se recuperando. Andava até a sala de jantar e o alpendre, de onde dava uma espiada no pomar e observava que as árvores frutíferas estavam a merecer maiores cuidados dos serviçais. Mariana, que já sentia saudades das sessões musicais com a prima, passou a insistir que Elisa se sentasse ao piano e retomasse o bandolim. Foi o que passaram a fazer, ainda que com menor frequência e menos entusiasmo, o que deixava Mariana preocupada com a saúde da prima.

Elisa, março de 1891

Aparentemente recuperada, mais falante e bem-disposta, Elisa passou a ir com frequência à cozinha trocar ideias com as cozinheiras, recortar receitas de pratos que encontrava em jornais e revistas e mesmo a ajudar na preparação dos alimentos. Não foram poucas as vezes que, ao saborear suas iguarias, Galdino tecia elogios às novas habilidades da esposa, chegando a convidar amigos, camarários, clientes e parceiros de negócios para apreciar as iguarias saídas da cozinha de casa. Nessas ocasiões, Elisa brindava os convidados com algumas peças ao piano, enquanto saboreavam os já famosos licores da família. Passou a ir com frequência ao pomar, sugerindo plantios, podas e a instalação de bancos mais confortáveis sob o caramanchão onde, pela manhã, contava histórias e brincava com as filhas.

Os criados surpreendiam-se a cada novidade na vida da patroa, como cuidar das crianças, frequentar a cozinha e caminhar pelo pomar. Sentiam-se felizes com a volta da paz na vida de Elisa e, talvez, na do patrão que, ocupado com os negócios, os jornais e, agora, o cartório de notas, pouco parava em casa. A última novidade era o interesse de Elisa em apreciar a torra e a moagem das pequenas quantidades do café que consumiam. O café era socado por Adão, um velho agregado da família, num pesado pilão de ferro preso a uma peça de madeira. Ao perceber o interesse de Elisa pelo que fazia, o velho indagou-lhe se ela seria forte o suficiente para fazer aquele trabalho.

– Claro que sim, posso experimentar? – perguntou, tomando-lhe o soquete por uns instantes. Os serviçais sorriam ao vê-la, tão delicada, a fazer um trabalho pesado.

De volta ao piano, no meio das tardes, Elisa passou novamente a imprimir paixão às peças que executava. Nessas horas não permitia a presença das crianças na sala e não dirigia a palavra a quem quer que fosse, envolta em sentimentos indecifráveis. Com o passar dos dias, deixou de lado suas velhas partituras e pôs-se a compor estranhas e emocionadas sonatas inspiradas no esposo infiel. Sim, estava convencida da infidelidade de Galdino. Senão, como explicar sua indiferença, quase desprezo? Convenceu-se de que seu matrimônio em nada se assemelhava ao que lhe encantava nas grandes paixões dos romances franceses. Tornei-me uma simples parideira, uma mulher sem vontade própria, afastada de minha mãe e de minha família por puro capricho de Galdino. Onde estão o carinho, o abraço e a delicadeza nos momentos de junção carnal? Beijos, nem pensar. Logo ele, um homem letrado, um tabelião – pensava.

De repente, o teclado mal atendia as ordens de seus dedos que iam e vinham furiosos na mais absoluta desarmonia a ponto de chamar a atenção dos serviçais, cujos ouvidos apuraram-se com o tempo para apreciar as peças executadas pela patroa. Eva e Rita deixaram as crianças brincando e apressaram-se em socorrer a mulher. Escandalizaram-se ao verem Elisa esmurrando o teclado como se quisesse destruí-lo. Uma de cada lado, as moças levantaram a patroa pelos braços levando-a até o leito, tentando acalmá-la. Providenciaram copos de água com açúcar, chás calmantes e suco de maracujá com o que pretendiam induzi-la ao sono. Sem dizer palavra, Elisa fechou os olhos e dormiu até o meio da tarde do dia seguinte. Desta vez, foi Galdino quem passou a noite no aposento de hóspedes já que, em algum momento, a mulher passou a tramela na porta do quarto.

Preocupadas com a demora da patroa em levantar-se, Eva e Rita bateram à sua porta. Insistiram por algum tempo até que Elisa levantou-se e disse-lhes:

– Estão fora de juízo? Não se preocupem em trazer meu desjejum, sei que é tarde e vou tomar apenas uma xicara de café – concluiu.

As moças entreolharam-se assustadas e trataram de acompanhá-la pelos corredores até a cozinha. Sorvendo tranquilamente a bebida, Elisa disse estar bem e pediu-lhes que esquecessem a cena do dia anterior.

– Foi um desabafo, uma meninice, sei lá. Preparem-me o banho – concluiu.

Elisa, março de 1891

Bem disposta e falante, Elisa andou pela casa, abraçou as crianças, beijou o pequeno Thomé na testa, mas negou-se a sentar-se à mesa para o jantar, alegando falta de apetite e gastura. Galdino jantou só, tomando seu vinho, provando as sobremesas e ingerindo alguns cálices de licor.

As moças terminavam de recolher as travessas e talheres da mesa de jantar quando a pequena Valentina, olhar assustado, arrastou Rita pela saia até o alpendre, onde a mãe, caída de bruços e inerte, deixava escorrer um filete de sangue pela boca.

Galdino apressou-se em carregá-la nos braços até o leito, enquanto ordenava as criadas a lhe trazerem o Manual de Medicina Popular e a botica doméstica do doutor Chernoviz. Esta continha umas sessenta substâncias e alguns instrumentos para os primeiros socorros. Ordenou, ao mesmo tempo, que fossem chamar o boticário cujos serviços já haviam salvado muita gente à beira da morte. Logo percebeu, aliviado, que o sangue na boca de Elisa era proveniente de um pequeno corte nos lábios causado pela queda, e não de alguma hemorragia interna. A aguardente canforada, levada em um lenço ao seu nariz, foi suficiente para que Elisa recobrasse os sentidos.

O boticário, com sua costumeira tranquilidade, ministrou-lhe substâncias que haveriam de lhe trazer algum conforto. Como Elisa se queixasse de fortes dores no ventre e as criadas houvessem percebido sinais de sangue em suas fezes, o boticário recomendou a aplicação de panos molhados em água fria sobre seu ventre, o que, além de aliviar as dores, teria o efeito de estancar sangramentos intestinais, tal qual recomendava o doutor Chernoviz em seu manual. Elisa, no entanto, continuava prostrada, o que levou Galdino a convocar um médico de Juiz de Fora para diagnosticar e tratar o mal que a acometia.

Rita, abril de 1891

Em meio ao corre-corre dos últimos dias, Rita foi levada por Adão para observar algo que lhe pareceu estranho.

– Veja com os próprios olhos o que encontrei – disse o velho.

Assustada, a jovem aproximou-se do pilão, observou com cautela seu interior, introduziu a mão e saiu com os dedos envoltos em uma espécie de areia. Observando com mais cuidado, percebeu tratar-se de vidro moído. Não levou muito tempo para ligar uma coisa à outra. Afastou-se do velho pedindo-lhe silêncio sobre o ocorrido e foi ter com o patrão, sentado à mesa a consultar o Manual de Medicina Popular a que recorriam os fazendeiros em caso de acidente ou doença na família e entre a escravaria.

– Nhô Galdino, com sua licença, veja o que Adão encontrou no fundo do pilão de café – disse Rita, depositando sobre a mesa de madeira escura o pó brilhante que fez escorrer dos dedos.

Cotovelos sobre a mesa, queixo apoiado nas mãos sobrepostas, Galdino observou longamente o material e ordenou:

– Que ninguém mais saiba disso.

A chegada do Doutor Protásio Magalhães, vindo de Juiz de Fora, teria sido festejada com vinhos e Clicquot não fosse a triste razão de sua presença naquela casa. Galdino acompanhou-o até o leito de Elisa e deixou aos cuidados de Rosa Amélia e da sogra – cuja presença lhe havia sido imposta pelo bom senso – as explicações sobre o estado de saúde da mulher. Caminhou pelo pomar e pelas salas do sobrado torturado pela dúvida entre omitir ou revelar ao doutor a causa do padecimento da esposa. Se a revelasse, o médico com certeza poderia recorrer a procedimentos mais eficazes para salvar a vida de Elisa, mas isto significava arcar com as terríveis consequências do estigma que a Igreja e a sociedade faziam recair sobre a família de suicidas. Afinal, aquele que põe fim à própria vida é um pecador para o qual não há perdão, dizem os escritos sagrados. Além do mais, apesar de o governo republicano haver municipalizado os cemitérios e, com isto, liberado o sepultamento de suicidas em campo santo, é claro que naquelas bandas prevaleceria a tradição cristã e a vontade dos presbíteros. E isto seria inaceitável, uma humilhação irreparável a toda uma família de bem. Por outro lado, deixar que Elisa viesse a falecer por omissão de uma informação vital para a adoção dos cuidados médicos adequados seria um pecado ainda mais grave, além de que haveria de martirizar-se vida afora pela omissão da verdade – pensava Galdino.

Decidiu fazer a coisa certa, mas antes foi até o leito de Elisa, colocou a mão delicadamente sobre sua testa, curvou-se e sussurrou ao seu ouvido:

– Lilisa, você fez o que estou pensando?

A mulher mirou-o por um instante, moveu a cabeça afirmativamente e balbuciou:

– A vida não passa de um tortuoso caminho para o fim, preferi pegar um atalho. E virou-se na direção oposta.

Com um sinal de mão, Galdino convidou o médico a lhe acompanhar até o gabinete.

– Não se preocupe meu caro doutor Galdino. Já sei do que se trata e dou-lhe minha palavra de que manterei absoluto silêncio sobre o ato de desespero de sua estimada esposa – disse o médico. – Não são raros os casos de mulheres na flor da idade, como dona Elisa, que atentam contra a própria vida nos dias ou até meses que se seguem ao parto. A ciência ainda deve explicações sobre as causas desses desatinos. Vamos fazer tudo o que estiver ao nosso alcance para que ela se recupere – concluiu.

Elisa, 9 de abril de 1891

Naquele dia, a pequena Valentina completava três anos de idade e foi presenteada pela avó Guilhermina com um delicado par de brincos de ouro. Elisa, surpreendentemente, havia apresentado alguma melhora, mostrando-se mais animada e interessada nas conversas travadas entre a mãe, a irmã, as tias e as primas acomodadas nos sofás à volta do seu leito. Rosa Amélia, que de certa forma havia se instalado na casa da irmã, bordava uma toalha de mesa num grande bastidor. Atenta à tarefa, participava ativamente das conversas sem mirar as interlocutoras, embora não lhe escapassem os mínimos movimentos da irmã enferma.

Galdino, o doutor Magalhães, o boticário, padre Hilário e Henrique, irmão de Guilhermina, acomodaram-se no alpendre bebericando vinho e trocando ideias sobre a saúde de Elisa. Para uns, a mulher estaria se recuperando muito bem. Para outros, já estaria pronta para deixar o leito, sentar-se ao piano e à mesa de refeições. Apenas o médico, conhecedor da gravidade do caso e das limitações da ciência médica, recomendava prudência, alertando os demais a não passar o carro à frente dos bois.

– O caso exige prudência e rigoroso acompanhamento médico – disse.

Galdino fitou-o desesperançado e mudou o rumo da conversa, evitando detalhes que viessem a levantar suspeitas sobre a causa da enfermidade da esposa.

No quarto, as mulheres procuravam confortar Elisa com alguma novidade, contando-lhe detalhes das últimas bodas na região, descrevendo as toaletes das madrinhas e relembrando antigos fuxicos. O baile da Ilha Fiscal, ocorrido havia mais de um ano, para homenagear os oficiais do navio chileno Almirante Cochrane atracado na baía de Guanabara e comemorar as bodas de prata da Princesa Isabel e do Conde d'Eu, ainda era motivo de comentários naquelas bandas. Sobretudo os relatos mais extravagantes que davam conta de que lá pelas seis da manhã, após a saída dos convidados, os encarregados da limpeza encontraram copos quebrados, garrafas espalhadas pelo chão, além de três coletes de senhoras, dezessete cintas-ligas e espartilhos. Evitavam deliberadamente falar de política e dos desastres que se anunciavam com a Proclamação da República para não aborrecer a enferma.

Por momentos, Elisa apenas simulava interesse na conversa, sabedora do que estava por vir e preocupada com o destino das duas pequenas, rostos tristonhos com a longa agonia da mãe. Sussurrou ao ouvido de Eva que lhe trouxesse a caixa do bandolim que daria a Titina como regalo pelo seu aniversário.

– Peço-lhe que o guarde com zelo até que ela tenha idade para tomar lições de música – completou.

De posse da caixa, fez um sinal para que a filha se aproximasse e entregou-lhe o instrumento.

– Este é o meu presente de aniversário, guarde-o para sempre como lembrança da mãe que te ama muito. Cuide bem de seus irmãozinhos – recomendou.

A 3 de maio de 1891, o jornal leopoldinense *Gazeta de Leste* noticiava o falecimento da senhora Elisa Gama de Freitas nos seguintes termos:

Passamento

"Victima de cruel enfermidade que resistio aos mais acurados desvelos e aos esforços da sciencia succumbio no dia 28 do mez próximo passado as oito e meia hora da noute, D. Elisa de Freitas, idolatrada esposa do Sr. Galdino Vieira de Freitas, 1º tabelião de notas deste termo.

O infausto passamento foi profundamente sentido pela população desta cidade, que em homenagem ao mérito e virtudes da finada não podia conservar-se indiferente a irreparável perda que a sociedade acaba de sofrer.

Arrebatada cedo, ainda na primavera da vida, a inditosa Senhora deixa três filhinhos, que serão o consolo único do desolado esposo a cuja dor nos associamos profundamente commovidos pelo doloroso golpe que acaba de passar."

GAZETA DE LÉSTE

mos como elle a grande figura de Carlos Alberto, quando, depois do desastre de Novara, abdicou e foi exhalar o ultimo suspiro em terra extranha.

NOTICIARIO

PASSAMENTO

Victima de cruel enfermidade que resistio aos mais acurados desvelos e aos esforços da sciencia, succumbio no dia 28 do mez proximo passado, ás oito e meia hora da noute, D. Elisa de Freitas, idolatrada esposa do Sr. Galdino Vieira de Freitas, 1.° tabelião de notas deste termo.

O infausto passamento foi profundamente sentido pela população desta cidade, que em homenagem ao merito e virtudes da finada não podia conservar-se indifferente a irreparavel perda que a sociedade acaba de soffrer.

Arrebatada cedo, ainda na primavera da vida, a inditosa Senhora deixa tres filhinhos, que serão o consolo unico do desolado esposo a cuja dor nos associamos profundamente commovidos pelo doloroso golpe que acaba de passar.

Promotoria Publica

Para o cargo de promotor publico desta Comarca foi nomeado o illustre cidadão Dr. Fernando Pinheiro de Souza Tavares, que já occupava interinamente esse cargo.

Não podia ser mais acertada a nomeação que tanto honra quem a fez como a esta comarca que terá no caracter

corpo Militar de Policia estacionado em Uberaba, o sargento ajudante do 4° corpo, Antonio Affonso de Praes, que aqui commandou o destacamento por muito tempo.

CASAMENTO CIVIL

1° PROCLAMA

José Agostinho de Avila com Rosalina Candida de Jesus.

2.° PRODLAMA

Joaquim Antonio Gonçalves com Philomena Maria da Cruz.

Antonio Carvalho dos Santos com Umbilina Luiza Brittes.

José Bernardino Gomes com Sophia de Oliveira.

TELEGRAMMAS

LISBOA, 21 (retardado).

Os revolucionarios do Porto, condemnados a deportação, embarcaram hoje para Africa; não houve incidente.

BERLIM, 25

Falleceu esta madrugada o feld-marechal de Moltke.

ROMA, 25.

A camara dos deputados votou por 182 contra 82 votos a abolição do escrutinio de lista para as eleições legislativas.

Gazeta de Leste, 3 de maio de 1891, ed. 27, p. 2.

Guilhermina, julho de 1891

Rita tratava de recolher pelos quatro cantos do sobrado roupas, sapatos, brinquedos e demais pertences das duas meninas que, após a morte da mãe, haviam ficado sob a guarda temporária da avó, Guilhermina. Sogra e genro haviam concordado que a ausência da mãe seria menos dolorosa para as pequenas Valentina e Maria caso ficassem alguns dias com a avó. Thomé, então com poucos meses, permaneceria com o pai sob os cuidados de Eva e da ama de leite. Ao fim de uns três meses, Galdino fez saber à sogra que já se sentia pronto para receber de volta as filhas. Foi o que aconteceu, a contragosto de Guilhermina, que fez questão de levar as crianças em seu trole até o sobrado do viúvo. Faria mais uma tentativa para convencê-lo a deixá-las sob seus cuidados, o que foi negado por Galdino.

– Senhor meu genro, uma avó é duas vezes mãe. Meninas devem ser educadas por uma mulher, e não por um viúvo sem tempo e traquejo para se dedicar aos ensinamentos adequados a meninas, que logo serão mocinhas e depois mulheres. Elas precisarão de uma confidente e de orientação sobre modos de se comportar e de se vestir de acordo com a idade – disse Guilhermina. – Além do mais, o senhor com certeza contrairá novas bodas e nós sabemos bem que madrastas nem sempre substituem a contento a verdadeira mãe. Temo pela felicidade dessas duas criaturinhas que preenchem o vazio deixado por minha amada filha – concluiu.

– Dona Guilhermina, estou ciente das responsabilidades que terei no trato com minhas filhas, mas entenda que, na ausência de minha querida Elisa, elas me trarão consolo e um pouco de alegria a este sobrado. Eva e Rita são muito cuidadosas com as crianças e, na verdade, sempre se ocuparam delas até mais que minha saudosa esposa. Portanto, não há porque se preocupar. Quanto a novas bodas, esteja certa de que isso não passa pela minha cabeça – respondeu Galdino.

Joanna, 2015

Apesar dos problemas de saúde, Joanna havia conseguido desvendar boa parte da trajetória de vida de seus antepassados. Dúvidas pairavam ainda sobre os nomes de seus tetravós paternos, principalmente os dos pais de Francisco Joaquim, cujos registros de batismo parecem ter-se derretido nos malconservados arquivos da paróquia de São João Del Rey. Havia, no entanto, fortes indícios de que ele fosse irmão do Tenente Coronel Joaquim Antônio de Almeida Gama e, por conseguinte, filho de Antônio Francisco de Almeida Villas Boas e Gama e de Inocência Claudina da Costa, casados por volta de 1812, em Rio Preto. Seria, portanto, neto paterno do Alferes Caetano José de Almeida Gama e de Antônia Maria Custódia Dias e bisneto paterno de Manoel Gomes Villas Boas e de Inácia Quitéria de Almeida Gama.

Quanto à filiação de sua trisavó Guilhermina Rosa, foi possível identificar, a partir do cruzamento de informações esparsas, que ela era uma das filhas de Eleutério Delfim e Silva, natural do Rio de Janeiro, e de Francisca Cândida da Gama, casados em 1828. Eleutério, bisavô de Valentina era, por sua vez, avô de Osório Duque-Estrada, filho de Mariana da Gama Delfim e Silva e de Luiz de Azeredo Coutinho Duque-Estrada.

Com a ajuda de amigos, a consulta a arquivos, a jornais da época e a leitura de estudos sobre a Zona da Mata mineira, Joanna inteirou-se dos hábitos, costumes e mesmo de algumas práticas médicas daquele período que lhe permitiram compor um quadro aproximado do que foi a vida de seus antepassados. A lembrança das poucas informações que a avó Valentina havia deixado escapar permitiram-lhe ligar certos fatos e acompanhar a trajetória de vida e morte de Elisa, sua bisavó. Claro que muitas indagações ficaram no ar, mas Joanna sentia-se feliz de haver cumprido parte da tarefa inútil, embora comovente, de desvendar um pouco do passado da avó Valentina, que fez jus ao nome, rompendo com valentia seus setenta e sete anos de solidão. A mesma valentia com que, ao cumprir oitenta anos, Joanna despediu-se da vida, em 2016.

Sua última e assustadora surpresa relacionada à avó ocorreu meses antes quando assistia quase ao vivo à reportagem sobre o atentado terrorista ao Bataclan, a lendária casa de espetáculos parisiense. Esta compassada palavra lembrava-lhe algo além do famoso bordel frequentado pelos coronéis no auge da cultura cacaueira em Ilhéus. Esforçou-se por um bom tempo para se lembrar do que se tratava e, de repente, veio-lhe dos recônditos da memória a história que Valentina dizia ter ouvido do pai sobre o estranho episódio vivido pela mãe em Paris. Que pesadelo premonitório – pensou Joanna –, ao descobrir que Bataclan era a nova denominação do Le Grand Café Chinois, onde Elisa, a mãe e os tios haviam assistido exatos cento e trinta anos antes à opereta Bataclan, de Offenbach.

Luiza, 1894

Em meados de 1894, três anos após a morte de Elisa, Galdino contraiu núpcias com Luiza Fernandes, filha de Francisco de Paula P. Fernandes e de Luiza Amélia da Gama Cerqueira, mergulhando de volta no mundo dos Almeida Gama, já que Elisa era prima de sua nova esposa por parte de pai e mãe. Seria Luiza a sobrinha pela qual Guilhermina suspeitava ter o genro se apaixonado? Se realmente houve tal paixão ou se Luiza, entre tantas sobrinhas, era o objeto de desejo de Galdino, a mulher jamais soube ao certo. Teriam as suspeitas de Elisa de que o marido a traía algum fundamento na realidade ou tudo não passava de mera suspeição de uma mulher ciumenta e carente de afeto?

Sangue novo na família, só os de Francisco de Paula P. Fernandes e de Alberto Moretzhon Monteiro de Barros, casado com Adelaide, irmã de Luiza. Sua outra irmã, Maria Leonor, casou-se dentro da própria família com Paulino Delfim da Gama e Silva. Joanna não adentrou a vida de toda essa gente, mas constatou nos alfarrábios que o pai de Luiza, seja pelo poder político, seja pelo poder do dinheiro, recebeu D. Pedro II para almoço em sua moradia a 30 de abril, um sábado, de 1881, quando o Imperador esteve em Minas para uma visita que se estendeu por mais de um mês.

Esse almoço certamente ampliou o prestígio e o poder da família que, pelo visto, enfrentou concorrentes à altura de tanta honra. Honra que não se limitava ao fato de tratar-se do Imperador, mas de um homem reconhecidamente culto e muito à frente do seu tempo. De que assuntos teriam tratado esses senhores? Que membros da comunidade estariam presentes? Não há registros.

Apesar das muitas escolhas que se apresentavam, Luiza veio de bom grado morar no sobrado em que Galdino havia vivido com Elisa por quase cinco anos. Em respeito ao esposo e à memória da prima, como afirmava, decidiu viver na casa assim como a falecida havia deixado. Manteve a mobília mais pesada e valiosa, mas cautelosamente foi se desfazendo dos pequenos mimos, bibelôs e objetos que lembrassem Elisa.

Eva e Rita, apegadas que eram às crianças e sentindo-se responsáveis pela sua proteção, foram se acomodando aos hábitos da nova patroa, mais exigente e mais distante que sinhazinha Elisa.

– Que saudades! – diziam as moças. – A escravidão se foi, mas por nada neste mundo vamos largar essas crianças – diziam a si mesmas.

Órfãs de mãe, Valentina e Maria, então com seis e cinco anos, apegavam-se ao pai como podiam, amargando ciúmes de sua nova esposa. De um lado, a madrasta dos contos de fada, de outro, duas pirralhas fazendo beicinhos? Impossível saber. Joanna recordava-se apenas de que a avó Valentina havia lhe dito que a Lulu, como Luiza era conhecida, não era fácil. Daí a concluir que as crianças sofressem maus tratos vai uma grande distância. O fato é que Galdino havia se transformado num pai zeloso, numa figura amena e amada pelas filhas, o que, por sua vez, era razão para um indisfarçável ciúme da parte da mulher. Com a chegada da primeira filha do casal, Maria da Conceição, em setembro de 1895, o ambiente na família tornou-se mais nublado. Os cuidados e a alegria dos pais com a chegada da filha foram motivo de mais ciúmes por parte das meninas, que se sentiram desprezadas. Em 1898, quando nasce a segunda filha do casal, Maria Pia, Valentina e Maria já haviam sido despachadas para Rio Pomba, onde foram viver com a tia Lalá, irmã de Galdino. Thomé Elísio, então com sete para oito anos, permaneceu com o pai. O casal teve dois outros filhos: José, nascido em fevereiro de 1900, e Anthero, em 1904.

Eva e Rita foram morar nas encostas da cidade com os familiares libertos pela Lei Áurea, embora tenham sido avistadas pela última vez vendendo quitandas em tabuleiros nas proximidades do Morro da Providência, no Rio de Janeiro.

Tia Lalá, 1896

A chegada das meninas a Rio Pomba não foi exatamente uma festa. A esta altura, Galdino já havia confidenciado à irmã, e só a ela, a razão da morte de Elisa, o que levou Lalá a manter-se alerta em relação às sobrinhas.

– Sabe-se lá o que esperar de filhos de uma suicida? – dizia ela às irmãs.

Galdino argumentava que em Rio Pomba elas teriam acesso a melhores escolas, o que não era bem verdade. A Atenas da Zona da Mata, Leopoldina, era conhecida pela boa qualidade de seus educandários. De qualquer forma, Lalá providenciou um quarto para cada uma das meninas: Valentina, a altiva, e Neném, a tristonha. As instruções vieram logo no primeiro dia:

– Acordem às seis, façam suas camas, tomem o café da manhã, banhem-se, vistam seus uniformes e não se esqueçam das merendeiras com o lanche da hora do recreio. Raimunda vai deixá-las na escola às sete horas em ponto.

Uma questão pairou no ar nas investigações de Joanna: por que razão as meninas não foram morar com os avós paternos, que também viviam em Rio Pomba? O mais provável é que estes já estivessem idosos demais para se ocuparem das complicadas tarefas de educar duas crianças.

Que havia proximidade entre avós e netas era certo, já que em várias ocasiões Valentina referia-se com carinho ao avô Nominato. A velha descrevia-o como um homem alto e forte, mãos grandes e pesadas, mas de toque delicado ao tomá-las pelas mãos para passeios na cidade ou em sua chácara dos arredores.

Escola e dever de casa ocupava-lhes a maior parte do tempo. À tardinha podiam brincar de bonecas e casinha. Ao anoitecer desciam até a calçada para brincar de roda com as meninas da vizinhança. "Ciranda, cirandinha"... "O cravo brigou com a rosa"... Aos domingos Lalá levava-as para visitar tios e tias. Sentiam-se como peixes fora d'agua.

– Tia Durica chegava a trancar o guarda-comida quando as visitas chegavam – contou Valentina em certa ocasião.

Quando passavam alguns dias com ela, eram submetidas a rigorosa dieta, apesar de serem franzinas. O pai as visitava com certa frequência, embora cada vez menos à medida que as filhas cresciam e tornavam-se moças. A esta altura, estava clara a distância que se criara entre as meninas e o irmão caçula, para não falar dos irmãos, filhos de Luiza, que nunca acompanhavam o pai em suas visitas a Rio Pomba.

Valentina, 1923

Foi nesse ano, quando seus dois filhos haviam concluído o curso primário, que Valentina decidiu mudar-se para um bangalô em frente ao Granbery, na esperança de que eles viessem a cursar o ginasial naquela prestigiosa instituição. Não foi o que aconteceu. Os rapazes foram matriculados numa boa escola pública, como quase todas naquela época, mas longe de alcançar o prestígio daquela instituição metodista destinada à elite da região. As agruras financeiras da família ficaram no passado, já que os dois irmãos passaram a trabalhar durante o dia e a estudar à noite. O filho mais novo acabara de terminar o curso de guarda-livros quando foi convidado por Gastão Couto, seu patrão, a ir para Belo Horizonte gerenciar uma manufatura de roupas brancas, na verdade uma fábrica de camisas sociais que anos mais tarde tornou-se uma das maiores do país. Na época reinavam soberanas as famosas camisas Epson.

A opção estava posta: era chegada a hora de deixar Juiz de Fora, transferir-se para a capital mineira e viver com os filhos em uma casa modesta nas proximidades da fábrica que o filho iria gerenciar. Malas feitas, mobília despachada de trem, mãe e filhos desembarcaram na Estação Central da capital mineira, em 1931. A fábrica de camisas ia de vento em popa quando seu proprietário, Gastão Couto, decidiu vendê-la ao futuro sogro do gerente para retornar à boa vida no Rio de Janeiro, sua terra natal.

Valentina não escondia a gratidão por este homem que, sem dúvida, havia catapultado seu filho para a profissão que lhe valeu uma vida confortável, fazendo dele um amigo e introduzindo-o às rodas elegantes do Rio de Janeiro dos anos quarenta, início dos cinquenta. Gastão era um homem requintado, frequentador do Copacabana Palace e amigo de famosos, como o ídolo do futebol Heleno de Freitas que, por coincidência, era primo de Valentina por parte de pai.

Em menos de três anos na capital, Valentina havia casado os filhos que, preocupados com a mãe, foram morar nas vizinhanças. Cerca de uma década após seu casamento, o gerente, então pai de cinco filhos, havia economizado o suficiente para propor ao sogro, um libanês que chegou ao Brasil no alvorecer do século XX, a compra do negócio. É o que foi feito, dando início aos vinte anos quase dourados vividos pela família.

Instalada em um dos aposentos da casa que o filho havia construído em um bairro nobre da cidade, Valentina mantinha a rotina dos crochês, das leituras de jornais, do jogo de escopa e das conversas com os netos mais queridos. Estas eram sempre permeadas pelo interesse dos jovens em saber um pouco mais sobre seu passado. Na retaguarda, a velha evitava o quanto podia entrar em detalhes de sua vida. Limitava-se a uma ou outra revelação sem importância como, por exemplo, a de que o governador do Estado, e por duas vezes ministro da Educação, era seu primo. Foi o que Joanna acabou por confirmar em suas investigações. Tratava-se Clóvis Salgado da Gama, filho de Luiz Salgado

Lima e de Virgínia Angélica da Gama, prima de Valentina por parte de mãe.

Não deixava de soar estranho aos netos o fato de que, tanto o primo quanto suas irmãs, Maria Pia e Maria da Conceição, morassem na mesma vizinhança sem nunca se avistarem. Estes só vieram a conhecer suas irmãs no seu velório. Indagada sobre a razão de manter-se distante da família, Valentina filosofava:

– Dizem que a vida une as pessoas, pura ilusão. Dinheiro e preconceito separam mais que a morte. Dos mortos podemos ao menos guardar boas memórias. Dos vivos, nunca se sabe o que esperar – dizia. Curioso é que a velha dissesse estas palavras sem revelar mágoas de quem quer que fosse. Os netos logo perceberam que, mesmo em assuntos triviais, a avó imprimia um tom filosofal, impessoal. Tinha sido instruída a não demonstrar seus sentimentos mais íntimos, seus desejos e, muito menos, suas tristezas. Preferia as parábolas. Aos olhos alheios talvez tenha passado a vida em branco, hipótese improvável para quem teve conhecimento dos episódios pungentes de sua existência.

Valentina, 1960

Valentina tinha o hábito de deixar sua porta encostada e, quando alguém, por alguma razão, fosse procurá-la, dava dois leves toques antes de adentrar o quarto. Certa vez, ao passar em frente ao seu refúgio, uma de suas netas ouviu o som de instrumento de cordas que, com certeza, não vinha de rádio ou vitrola. Um violão? Um cavaquinho? Quem sabe um bandolim? Curiosa, deu os dois toques de praxe, mas não logrou abrir a porta que, desta feita, estava trancada.

– Vó – chamou a moça.

– Um momento, por favor – respondeu a velha que, antes de abrir a porta, fez desaparecer no armário o instrumento que dedilhava.

– Que música era aquela que vinha do seu quarto? – indagou a neta.

– Não sei, acho que você está ouvindo demais. Eu só ouço o silêncio – respondeu.

Mais uma vez, que velha estranha é esta? – pensou a neta. E a coisa ficou por isso mesmo.

Que imensa distância separava uma mulher solitária da alegria natural de seus netos mais jovens, ainda na puberdade. Se por alguma razão a avó resolvia se trancar em seu refúgio, era hora de Lúcia, a neta irreverente, imaginar uma estripulia para fazê-la deixar o quarto. Certa vez, Lúcia ordenou ao irmão mais novo que fosse ao armazém da esquina para chamá-la ao telefone. Muito a contragosto a velha deixou o quarto para atender à chamada e ouvir, do outro lado da linha, o neto dizer que era uma jovem noiva interessada em encomendar-lhe um trabalho de crochê.

– Pois não, que peça a senhora deseja? – perguntou.

Em fase de mudança de voz, o neto oscilava entre o grave e o agudo, o que a levou a duvidar de que aquilo fosse sério e, por fim, descobrir envergonhada que se tratava de um trote.

– Isto é coisa de meu neto desnaturado – disse, encerrando a ligação. A neta, é claro, caiu na gargalhada.

Fingindo estar zangada, Valentina retornou ao quarto rindo de si mesma. Foi por essa época que os netos menos queridos da avó passaram a perceber que ela não era a bruxa que pensavam. Teria ela mudado ou teriam os jovens amadurecido o suficiente para lidar com os idosos? Talvez ambas as coisas, posto que a própria nora havia superado ressentimentos, juntando-se a ela para aperfeiçoar seus pontos de crochê, pedir auxílio nas palavras cruzadas e tratar de assuntos amenos. A esta altura Rogério, seu neto querido, já havia deixado a cidade para trabalhar como engenheiro na construção de Brasília. Restava-lhe Joanna, mas também os demais netos, então dispostos a conviver em harmonia. Foi o que ocorreu durante os poucos anos que precederam sua morte.

Vez por outra, Valentina viajava até Rio Pomba com um dos filhos para visitar os cunhados e sobrinhos. Estes também vinham esporadicamente à capital para visitá-la e, com um de seus filhos, divertirem-se em festas, restaurantes e sessões noturnas de cinema. Amanda, sua cunhada querida, era uma peça. Udenista de carteirinha, em época de eleições saía dirigindo pelas redondezas de Rio Pomba, arrebanhando eleitores. Convidada a acompanhá-la numa dessas empreitadas, Valentina horrorizou-se ao vê-la deixar na estrada eleitores do PSD que espertamente haviam aceitado a carona.

Valentina, 1963

Para Joanna, um dos indícios de que Galdino tivesse reservas em relação à sogra e sua família é o fato de Valentina e seus irmãos não levarem o sobrenome da mãe. Foi batizada como Valentina de Freitas e pronto. Mais tarde, ao se casar, tornou-se Valentina de Freitas Cunha. Seria o suicídio de Elisa a prova cabal de que a filha era infeliz no casamento, levando Guilhermina Rosa a distanciar-se ainda mais do genro? Uma coisa é certa: ao despachar as duas meninas para Rio Pomba, Galdino selava de vez esse distanciamento. E o que é lamentável, as filhas de uma suicida parecem não haver sido educadas pela tia senão no rigor imposto pelo estigma daquele ato tresloucado, contrário aos ensinamentos cristãos. Valentina parece ter recebido alforria apenas no casamento de tão curta duração, o que a teria levado a apegar-se à família do falecido.

Passados quase setenta anos da morte da mãe, Valentina retirou do armário seu velho bandolim cujas cordas mereciam ser trocadas e receber afinação. Foi quando percebeu em seu bojo algo estranho. Com alguma dificuldade retirou por entre as cordas soltas uma folha de papel amarelada e, abrindo-a, deparou com a seguinte mensagem: "Querida filha, perdoe-me por haver-lhes deixado tão cedo, mas não pude evitá-lo. Guarde consigo este bandolim como lembrança da mãe que muito lhe ama." Valentina acendeu um cigarro, postou-se à janela e, esmagando a mensagem entre os dedos, soluçou baixinho. Pela primeira vez em muitos anos desejou que lhe abraçassem forte, como nunca havia experimentado antes.

Joanna, 1965

Joanna ainda não havia se recuperado plenamente da perda de um irmão, fazia pouco mais de um ano. A casa exalava o vazio e a família, inclusive os jovens, perdeu muito da vitalidade de outros tempos. Valentina se recolhia mais e mais a seu canto sem ser perturbada. Não havia clima para brincadeiras, muito menos para atormentar a velha. Foi uma época de amadurecimento e preparação para um futuro de seguidas mortes na família. A alegria limitava-se a uma ou outra conquista dos jovens, à chegada dos sobrinhos ou a alguma bobagem que impedisse a contenção do riso. Joanna transformou-se numa segunda mãe para os sobrinhos, especialmente para os órfãos de seu irmão, uma menina de dois anos e um recém-nascido. Foi por essa época que ela entendeu que o afeto de Valentina pelos bisnetos talvez refletisse o que ela própria havia conhecido na infância e transferido aos filhos e netos. Desajeitada para levá-los ao colo, ensaiava um sorriso discreto tocando seus narizinhos dizendo bilu-bilu. E parava por aí.

Joanna, ao contrário, era puro afeto. Sua solteirice, longe de provocar rompantes de histeria, transformou-a numa espécie de pacificadora atenta a qualquer sinal de conflito na família, ao sofrimento de sobrinhos, irmãos ou amigos. Viveu só por mais de vinte anos. Não tinha animais de estimação, embora tratasse como gente os cães de seus familiares. Via-os como membros da família, alimentando-os às escondidas, padecendo com suas eventuais enfermidades e lamentando suas mortes.

Valentina, dezembro de 1965

Forte em seu corpinho franzino, jamais se ouviu de Valentina um suspiro, uma tosse, muito menos uma acamação. Não pisava em hospitais sequer para visitar parentes. Não consultava médicos e muito menos benzedeiras, embora tivesse uma ligeira queda pelo espiritismo de mesa, mais bem-comportado. Igrejas, só em ocasiões especiais, como casamentos e missas de sétimo dia. Mas era uma mulher de fé em seus santos e em seu próprio Deus.

Ao acordar naquela chuvosa manhã de dezembro, Joanna lembrou-se de imediato da figura da avó que, havia mais de um mês, encontrava-se na casa de sua amiga Violeta. Preciso ir vê-la ou trazê-la de volta – pensou. Estava à mesa do café com os irmãos quando tocou o telefone. Correu para atender com maus presságios que, infelizmente, se confirmaram. Valentina havia morrido de infarto fulminante naquela madrugada. Ao adentrarem o quarto em que o corpo se encontrava, Joanna e o pai se depararam com uma cena singular. A morta tinha o semblante tranquilo, um leve sorriso nos lábios e, preso à mão direita sobre a cama, seu único e fiel companheiro, o centenário bandolim.

#tudocomeçanalivraria
#quixotedo2021
#delivro

[1ª edição 2021]

Esta obra foi composta em Bembo e impressa
em papel Pólen Soft 80g. na Artes Gráficas Formato
para a Quixote+Do Editoras Associadas.

MISTO
Papel proveniente de fontes responsáveis
FSC® C092828
FSC www.fsc.org